조선의용대
부녀복무단장

박 차 정

박 미 경 _{지음}

민족과 여성의 진정한
자유를 꿈꾸다

1. 독립운동이 뭐고?

멀리 마안산 자락에서 시원한 바람이 불어왔다.

바람은 임진왜란의 기억을 간직한 동래읍성 동쪽 자락을 훑고는 그 아래 아담하게 자리 잡은 기와집에 내려섰다.

"내 책 어디 갔노? 차정이 니 짓이제? 차정아!"

변성기가 막 지난 남자아이의 목소리가 온 집안에 울리더니 문간방 문이 벌컥 열렸다. 마루에 엎드려 책을 보고 있던 어린 여자아이가 벌떡 일어나 책을 치마 속으로 감추었다. 바람이 불어와 여자아이의 머리를 쓰다듬듯 지나갔다.

"차정이 이 가시나야! 니가 내 책 가져갔제?"

씩씩거리며 차정 앞으로 다가선 까까머리 남자아이는 잡아먹을 듯이 여동생을 노려보았다.

"아니다. 내 안 가져갔다."

흰 치마저고리에 머리를 뒤로 단정하게 묶은 차정이 시치미를 떼었다.

"쬐끄만 게 거짓부렁이나 하고. 니는 아직 글자도 제대로 모르면서 책은 와 훔쳐 가노?"

남자아이가 차정의 치맛자락을 들치었다. 차정이 몸을

돌려 도망가려 했지만 오빠 손이 더 빨랐다. 오빠는 간단하게 책을 되찾았다.

"나도 글자 안다! 나도 책 읽을 수 있다!"

오빠가 차정의 머리를 한 대 쥐어박자 차정이 울먹이며 소리쳤다.

"이게."

오빠가 주먹을 쥐어 보였다.

"문호야, 그만해라."

우물가에서 빨래를 하던 엄마가 소리쳤다. 차정이 잽싸게 마루를 내려가 엄마에게 달려갔다. 바람이 뒤따라와 우물가를 맴돌았다. 마당에서 빨래를 널고 있던 언니가 차정을 돌아보았다. 언니 머리 위로 흰 빨래가 눈부셨다.

"형이 준 책이다. 마음대로 들고 다니다 일본 순사 눈에라도 띄면 우짤라고 그라노?"

문호가 '일본 순사'라는 말을 할 때 목소리를 낮추었다. 문호가 책을 들고 방으로 들어가 버렸다. 문호가 들고 간 책은 동래고보(동래사립고등보통학교)를 다니는 형 문희가 준 우리나라 역사책이었다. 보통학교 역사책인 『동국역사』는 차정이 태어나던 해에 금지되었다.

"차정아, 니 진짜로 글자 다 아나?"

엄마가 물었다. 차정이 고개를 끄덕였다. 차정의 두 눈이 유리구슬처럼 예뻤다.

한 번도 제대로 한글을 가르쳐 준 적이 없는데도 차정은 언니, 오빠들 어깨너머로 글자를 익히고 있었다. 영특한 아이였다. 엄마는 그런 차정을 말없이 바라보았다.

'태어난 지가 엊그제 같은데 언제 이 아이가 이렇게 자랐나.'

엄마는 지난 시간들이 떠올랐다.

1910년 5월 8일.

산고의 고통 끝에 딸 차정을 낳았고, 산파는 우렁찬 울음소리가 장군감이라고 해서 모두를 웃게 했다. 모두가 차정의 탄생을 축하했고, 예쁘고 튼튼하게 잘 자라주기를 바랐다. 늑대 같은 일본이 조선을 집어삼키지만 않았다면 그렇게 됐을지도 모른다.

하지만 차정이 태어난 1910년에 굴욕적인 한일합병조약이 체결되고 말았다. 우리나라는 일본제국주의라는 늑대의 뱃속에 꿀꺽 삼켜지고 말았다.

엄마는 햇살 가득한 마당과 방 다섯 개를 안고 있는 집을 바라보았다. 차정은 어느새 작은 돌멩이 하나를 발로 차며 깡충깡충 뛰어다니고 있었다.

맑고 파란 하늘이 담긴 우물물로 밥을 짓고 빨래를 했고, 신식 학교를 나와 탁지부 측량기사로 일하는 남편을 뒷바라지 했다. 아이들도 하나 둘 여기서 태어났다. 큰아들

문희, 큰딸 수정, 둘째 아들 문호, 둘째 딸 차정, 그리고 지금 배 속에 있는 막내까지.

갑자기 엄마의 얼굴이 어두워졌다. 남편 박용한 때문이었다. 박용한은 신식 문물을 익혀 나라에 도움을 주고자 측량기술을 배웠다. 그러나 사람들은 일본의 기술이라고 곱지 않게 보았다. 게다가 일제는 토지조사사업을 한다며 대놓고 토지를 수탈했다. 그는 자신이 하는 일에 회의를 느껴 탁지부를 나오고 말았다. 그 후로 못 먹는 술도 자주 먹었고 잠도 편히 자지 못했다.

"에이, 분하다! 이 나쁜 놈들!"

그는 억울하다며 가슴을 치고 통곡했다.

"여보, 진정하이소."

"내가 진정하게 생겼나. 그놈들이 우리 조선을 다 말아먹으려고 하는데. 테라우친가 뭔가 하는 총독이 우리 조선 땅을 다 뺏어가려고 한단 말이오. 우리 토지, 삼림을 다 일본 놈들이 차지한단 말이야. 나쁜 놈들!"

용한은 화를 참지 못했다. 꼭 무슨 일을 낼 사람 같았다. 아내는 하루하루가 줄타기하듯 아슬아슬했다.

그러던 어느 날, 경찰들이 찾아왔다.

"여기가 박용한 집이 맞나?"

어머니는 바느질을 하다 그만 손가락이 바늘에 찔리고 말았다.

"무슨 일인교?"

갑자기 가슴이 떨려왔다.

"엄마?"

옆에 있던 차정이 왠지 모를 불안감에 엄마의 치맛자락을 잡았다.

"경찰서에 같이 좀 갑시다. 다대포 갈대밭에서 쓰러져 있는 사람을 발견했는데 아무래도 남편인 것 같소."

일본 경찰과 함께 온 조선 경찰의 말에 엄마는 가슴이 철렁했다. 엄마는 몇 걸음 걷지 못하고 현기증이 일어 자리에 주저앉고 말았다. 차정은 영문을 모르고 엄마 팔을 잡았다.

1918년 1월, 아버지는 일제의 만행을 규탄하는 유서를 남기고 스스로 목숨을 끊었다. 가족들에겐 청천벽력과도 같은 일이었다. 어머니는 불룩한 배를 안고 하염없이 눈물을 흘렸다. 멀리서 친척들도 소식을 듣고 달려왔다. 숙부인 박일형과 어머니 쪽 육촌인 김두전은 아무도 몰래 다녀갔다. 항일운동을 하고 있어서 대놓고 다니기 어려웠기 때문이다.

"너희들이 아버지 한을 풀어드려야 한다. 저 일본 놈들을 몰아내고 반드시 나라를 되찾아야 한다. 알겠제."

어머니가 눈물을 삼키며 말했다.

어머니 김맹련은 동래 기장에서 태어났는데, 많은 독

립운동가를 길러낸 집안 출신이었다. 한글학자이자 유명한 독립투사로 알려진 김두봉과도 가까운 친척이었다. 차정은 나라를 걱정하는 사람들 속에서 태어나고 자란 셈이었다. 그러니 그들을 닮아가는 건 어쩔 수 없는 일이었다.

"내가 아버지 한을 꼭 풀어드릴 끼다. 두고 봐라."

어린 차정이 야무지게 말했다. 아직 아홉 살의 어린 나이였지만, 아버지가 죽음을 선택한 것이 일제에 대한 저항이라고 생각하고 있었다.

"아무렴. 여자라고 못할 거 없다. 나라를 되찾는 데는 남녀노소 구별이 없는 기라."

어머니가 말했다.

"우리 차정이 기특하네."

큰오빠 문희가 차정의 머리를 쓰다듬었다.

동래고보를 졸업한 문희는 경성신학교에 입학했다. 온 가족이 기독교 교인이었던 만큼 교회를 통해 원하는 것을 이루고 싶었던 것이다. 그런 문희는 집을 떠난 날이 많았고, 차정은 늘 오빠가 그리웠다.

차정은 글자를 알게 되자 오빠들이 읽던 책을 읽기 시작했다. 외국 작가 톨스토이라든가 니체가 쓴 책도 읽었다. 무슨 말인지 어려워 내용은 알 수 없었지만 그냥 읽으면 좋았다. 그러다 시들해지면 오빠가 숨겨놓고 간 책들을 몰래 꺼내 읽고는 했다.

어느 날 오빠와 함께 있을 때 차정이 물었다.

"오빠야, 독립운동이 뭐고?"

"와? 궁금하나?"

"응. 오빠가 하는 거 독립운동 아이가? 사람들이 그라는데 일본 놈 때려잡는 기라 하더라. 맞나?"

문희는 차정을 다시 한번 보았다. 아직 어린 줄만 알았는데 바라보는 눈길이 사뭇 진지했다.

"그래 맞다. 일본 놈들 때려잡아서 우리나라에서 쫓아내 버리는 기다."

문희 말에 차정은 그럴 줄 알았다는 듯 배시시 웃었다.

"그라모 오빠야 나도 할란다. 독립운동. 나도 끼워 도."

차정의 말에 문희는 웃음을 터뜨리고 말았다. 하지만 차정은 웃지 않았다.

"그래그래, 알았다. 끼워 주께."

문희는 차정의 고집에 두 손을 들고 말았다.

아버지를 잃은 슬픔은 시간이 지워주었다. 당장 가족들이 해결해야 할 문제들이 닥쳐왔기 때문이다. 가장 큰 문제는 끼니를 해결하는 것이었다.

차정은 가난하다는 것이 무엇인지 알게 되었고, 그 동안 아버지 그늘에서 얼마나 편안하게 살았는지 깨닫게 되었다.

어머니는 당장 일거리를 찾아 나섰지만 할 수 있는 일

이 별로 없었다. 일제의 수탈로 다른 사람들도 일자리를 잃거나 하루 세끼 밥을 먹기가 어려웠다. 건장한 남자들도 일 구하기가 어려운데 어머니 같은 여자들은 오죽했으랴.

어머니는 삯바느질을 시작했다. 명문가 집안에서 교양으로 배운 바느질이긴 했지만 솜씨가 좋아서 일거리가 있었다. 바느질로 근근이 목에 풀칠할 정도는 되었지만 혼자서 아이들을 키우는 것은 여간 힘든 일이 아니었다.

차정도 어머니를 도와 집안일을 거들며 아버지가 돌아가신 뒤에 태어난 동생을 돌봐야 했다. 그래도 손에서 책을 놓지는 않았다. 오빠가 차정에게 읽을 책을 구해 주었다. 그 책들은 차정에게 무엇을 위해 살아야 하는지 알려주기에 충분했다.

힘든 나날이 이어졌다. 날씨가 유난히 추운 어느 겨울 밤이었다. 온 세상을 얼려버릴 듯 매섭게 불어오는 바람이 방문을 덜컹덜컹 흔들며 문틈을 비집고 들어왔다. 방안에는 차정과 동생 문하가 웅크리고 있었다. 방바닥이 얼음같이 차가웠다.

"누나, 엄마는 언제 오노?"

어린 문하가 덮고 있던 이불을 끌어다 몸에 감았다.

"엄마는 잔치할 집에 혼례복 만들러 가셨다 아이가. 좀 늦어지는 갑다."

차정도 엄마가 기다려지기는 마찬가지였다. 엄마가 너

무 몸을 챙기지 않고 일하는 것이 걱정되기도 했다.

"배고프다."

배가 고프니까 더 추웠다. 엄마는 일이 많으면 밤을 새고 오는 경우도 많았다.

"엄마가 늦게 오실지 모르니까 우리 먼저 밥 묵자."

차정은 부엌으로 갔다. 부엌에는 식은 밥 한 덩어리 밖에 없었다. 차정은 식은 밥에 물을 붓고 끓였다. 둘은 끓인 밥으로 배를 채우고 자리에 누웠다. 그러나 온기가 없는 방은 너무 추웠다. 둘은 꼭 붙어서 체온으로 서로를 감싸주며 눈을 붙였다. 그렇게 차정은 춥고 배고픈 날들을 버텨냈다.

2. 독립투사를 꿈꾸는 문학소녀

날씨가 쾌청했다.

누워서 바라보는 하늘엔 구름 한 점 없었다. 바람까지 살랑거리며 불어와 얼굴을 간질였다. 차정은 학교 잔디밭에 누워있었다.

동래일신여학교.

호주선교회가 지은 부산 최초의 근대적 여성교육기관인 부산진일신여학교가 동래로 옮겨온 것이다. 시설이 근대적일 뿐 아니라 평등사상을 가지고 교육하는 학교라 여학생들에겐 더없이 좋았다. 3·1운동을 다른 학교보다 먼저 시작했던 것만 봐도 여학생들이 얼마나 당당하게 생활했는지 알 수 있다.

어머니는 아무리 살림이 어려워도 아이들에게 좋은 교육을 받게 하고 싶었다. 그래서 수정에게 그랬듯 차정도 이 학교에 다니게 했다. 차정은 이곳 일신여학교 고등부 학생이 되었다.

차정은 몸을 일으켜 앉아서 책을 펼쳤다. 근처에서 깔깔거리며 웃는 소리가 들렸다. 잔디밭 옆 벤치에서 들리는 소리였다. 흰 저고리와 검정 통치마를 입고 댕기 머리를 한 여학생들이 삼삼오오 짝을 지어 앉아 있었다.

"모던 걸이라면 단발머리에 양장 아이가? 나도 학교 졸업하면 단발머리 할 끼다."

통통한 얼굴의 여학생이 말했다.

요즘 서양문물과 개화사상에 눈을 뜬 여성들 중에 서양식 머리모양과 옷이 유행하고 있었다. 결혼한 여성을 포함해서 말할 때는 '신여성'이라 불렸고, 결혼하지 않은 여성들은 '모던 걸'이라고 불렸다.

"난 아버지 때문에 틀렸어. 학교 마치고 바로 시집가라서. 벌써 혼처 알아보고 계신 거 있지."

"모름지기 신여성이 되려면 관습과 편견으로부터 벗어나야지. 난 잔 다르크처럼 혼자 살 거야."

"난 윤심덕처럼 열렬한 사랑을 할 끼다."

한 여학생이 몸을 배배 꼬았다. 우리나라 최초의 성악가이자 신여성인 윤심덕이 부인 있는 남자를 사랑한 이야기는 소녀들 사이에 빼놓을 수 없는 이야깃거리였다. 일제의 강압적인 교육정책 속에서도 소녀들의 마음에는 봄바람이 일렁거렸다.

"아이다. 진정한 신여성은 마르크스의『자본론』을 읽어야 한다 아이가."

"맞다. 요새 사회주의나 공산주의 모르면 시체나 마찬가지다."

여학생들의 수다는 사상에 대한 것으로 넘어가고 있었다.

조용히 책을 읽던 차정은 책장을 덮었다. 표지에 얹은 손가락 사이로 『부인론』이라는 제목이 보였다. 차정은 벌떡 일어나 여학생들에게 다가갔다. 전교생 수가 20명이 안되었기 때문에 차정을 모르는 학생은 없었다.

"맞다. 우리 민족의 비극을 극복하려면 사회주의를 알아야 한다. 독립만이 우리가 살길이야. 모두 독립운동에 동참해라."

차정은 틈만 나면 친구들에게 독립운동을 권하고 다녔다. 그러니 더더욱 모를 수가 없었다.

"그래. 니 말이 맞다."

친구들은 언제나 맞장구를 치며 응원해 주었다. 대부분의 학생뿐 아니라 선생님들까지도 차정의 말에 공감해 주었다.

차정은 요즘 유행하고 있는 단발머리와 서양 옷차림도, 자유연애 사상에도 관심이 없었다. 오직 거세게 일고 있는 사회주의 사상이 마음을 끌었다.

사회주의 사상은 마르크스 사상의 영향을 받아 생겼는데, 러시아에서 이 사상에 기반을 둔 공산혁명이 일어나 황제가 다스리던 나라가 민중이 다스리는 나라로 바뀌었다. 이것을 본 우리나라 지식인들은 천황이 다스리는 일본제국주의에 맞설 수 있는 사상이라 여겼기 때문에 앞을 다투어 공부했다. 차정도 마찬가지였다.

"제국주의란 힘 있는 나라가 힘없는 나라를 침략하여 식민지로 삼고 자신들의 정치적·경제적 지배권을 확대시키는 것입니더. 쉽게 말해서 힘센 사람이 약한 사람을 누르고 가진 것을 빼앗는 것과 비슷하지예. 그런데 사회주의가 주장하는 것이, 없는 사람들이 주인이 되어 모든 것을 똑같이 나누어 가진다는 것이니, 제국주의를 이기는 데 이보다 더 좋은 사상이 없다 아입니꺼. 이 주장대로 되려면 가진 것이 없는 사람들이 힘을 합쳐 혁명을 일으켜야 합니더. 우리가 힘을 합치면 독립을 이루는 것과 동시에 평등한 사회를 만들 수 있습니더."

차정은 독서모임에서 이렇게 주장하기도 했다.

이런 생각은 자연스럽게 여성운동으로 이어졌다. 여자들은 남자들과 비교해서 차별받는 것이 너무나 많았다. 일본인들에게 지배받고 한국의 남자들에게도 억압받기 때문에 더 불쌍한 사람들이었다. 차정은 여자도 고등교육을 받고 원하는 직업을 선택할 권리가 있다고 생각했다.

일본은 우리나라에 고등교육기관을 만들지 않으려고 했다. 똑똑한 사람들이 많으면 지배하기 어렵기 때문이다. 그러니 여자들에 대한 교육은 더 기회가 적을 수밖에 없었다.

차정은 학교 건물 쪽으로 눈을 돌렸다. 향나무 푸른 잎 사이로 붉은색 벽돌로 지은 건물이 보였다. 일신여학교는 남녀평등을 주장하는 최고의 항일운동 학교였다. 그래서 차정은 이 학교가 마음에 들었다.

차정이 꿈꾸는 미래는 여자로서 안락한 삶이 아니었다.

'난 언니처럼 살지 않을 거야.'

수정언니는 일신여학교를 졸업하고 나서 보통학교 선생님이 되었고 일찍 결혼했다. 평범한 여자들이 꿈꾸는 삶이었다. 그러나 차정은 달랐다. 차정의 꿈은 단 하나였다. 독립을 이루고 조선 민족을 구하는 것. 그것 말고는 아무것도 중요하지 않았다.

바람이 불었다.

학교 건물에 걸린 국기가 휘날렸다. 일본 국기였다. 붉은 벽돌로 예쁘게 지은 건물에 늘 일본 국기가 걸려 있었다. 교실에도 마찬가지다. 교장실에는 일본 천황 부부의 사진이 걸려 있다.

그뿐인가. 일본어를 국어라 했고 우리말은 조선어라고 불렀다. 수업시수도 일본어 시간이 조선어 시간보다 두 배나 많았다. 심지어 수학과 역사시간보다 조선어시간이 적었다. 이것을 보면 일본에 협조하는 친일적인 한국인을 만들기 위해 필요한 최소한의 교육만을 시키려는 게 분명했다. 정말 분통이 터졌다.

하지만 차정이 정말 싫어하는 건 따로 있었다. 조회 시간마다 일본 국가인 기미가요를 부르는 것이다.

"우리 기미가요 엉터리로 부르자."

"기미가욘지 미끼가욘지 부르다가 중간에 다른 노래를 섞어 부르자."

"그거 재밌겠다."

속이 상한 차정은 친구들과 짜고 장난을 쳤다. 그러다 들켜서 교무실로 불려가 주의를 들었다. 이런 일을 겪을 때마다 하루빨리 독립을 이루어야 한다는 생각에 마음이 급해졌다.

차정의 마음에 타오르는 의지는 자연스레 글로 나타났다. 차정은 문학소녀였다. 책을 좋아하고 생각이 많으며 감성이 풍부했다. 그동안 읽었던 많은 책과 주변 사람들에게 들은 경험담이 바탕이 되어 문학작품이 만들어졌다.

"차정아, 뭐하노?"

비 오는 날, 뭔가를 끄적거리고 있던 차정에게 친구가 다가왔다.

"뭐 좀 적고 있어."

차정은 얼굴도 들지 않고 대답했다.

"뭔데?"

친구는 더 궁금했다.

"시. 여기 앉아 있으니까 언니가 생각나서 시로 지어봤어."

"누가 문학소녀 아니랄까 봐 그러나? 그러고 보니 너희 언니도 우리 학교 나왔다 안 했나?"

"응."

차정은 언니를 생각했다. 어려운 살림에 힘든 어머니를 도와 고생을 많이 한 언니였다. 차정과 친했는데 일찍 시집을 가더니 병으로 얼마 전에 하늘나라로 가버렸다. 언니만 생각하면 가슴이 먹먹했다. 차정은 보고픈 마음을 시로 표현했다.

개구리 소리

천궁에서 내다보는 한 조각 반월이
고요히 대지 위에 비칠 때
우리 집 뒤에 있는 논 가운데는
뭇 개구리 소리 맞춰 노래합니다

이 노래 들을 때마다
옛 기억이 마음의 향로에서 흘러넘쳐서
비애의 눈물이 떨어집니다

미지의 나라로 떠나신 언니
개구리 소리 듣기 좋아하더니

개구리는 노래하건만

언니는 이 소리 듣지 못하고 어디 갔을까!

이 시는 학교 교우회지『일신』에 실렸다.

차정은 시뿐만 아니라 소설과 수필도 썼다. 단편소설
「철야」를 썼는데, 이것은『일신』2호에 실렸다.

"차정아, 선생님이 부르신다."

반 친구가 차정을 불렀다. 차정은 밀린 월사금 때문이
아닌가 하여 잠시 얼굴이 굳었다. 하지만 선생님은 차정
을 보자 환하게 웃었다.

"차정아, 이번에 네가 쓴 소설 정말 감동적이었어."

담임선생님이 소설「철야」를 읽었나 보았다.

"별거 아입니다. 그냥 한번 써본 것 뿐입니더."

늘 씩씩한 차정이 살짝 얼굴을 붉혔다.

"겸손하긴. 정말 감동적이었어. 요런 작은 소녀가 어떻
게 그런 글을 쓸 수 있었을까……."

차정을 바라보는 선생님 눈빛이 부드러웠다.

「철야」에는 일제하에서 옥사한 어느 독립지사의 딸과
아들이 배고픈 겨울밤을 지새우는 모습이 담겨 있었다.
그리고 수업료를 못 내 정학을 당할지 모른다는 동생의
말을 듣고 주인공 철애가 우울해하는 모습, 불합리한 사
회현실을 저주하며 집 밖으로 뛰쳐나온 주인공이 호떡집

앞에서 빅토르 위고의 소설에 나오는 장발장을 생각하는 모습이 담겨 있다. 이것은 일제하에서 우리 민족이 겪는 고난을 상징적으로 보여주는 것이었지만, 차정의 모습이 담긴 것이기도 했다.

"차정아, 너는 꼭 훌륭한 사람이 될 거야. 내가 앞으로 졸업할 때까지 네 학비를 대주께. 아무 걱정 말고 공부해라."

선생님이 차정의 두 손을 꼭 잡고 말했다. 선생님은 차정이 어려운 집안 형편 때문에 고민한다는 것을 알고 있었다. 그래서 얼마 되지 않는 월급이지만 차정을 위해 선뜻 학비를 대주겠다고 한 것이다.

차정은 이어서 짧은 수필 「가을 아침」을 일본어로 썼다. 아침에 일찍 일어나 산에 올라 거리의 집들과 해운대 바다를 바라보며 명상에 잠겼다가 집으로 돌아오기까지의 신변 이야기를 다루었다. 차정의 풍부한 감성과 문학성을 알 수 있는 글이었다.

차정이 쓴 글들을 보고 뜻밖의 손님이 찾아왔다. 유명한 화가이자 작가인 나혜숙 여사가 차정을 찾아온 것이다. 나혜숙 여사는 잠시 부산 시댁에 머물고 있었다.

"소설을 읽고 너무 감격했어요. 차정 양은 문학에 재능이 있어요. 앞으로 훌륭한 작가가 될 수 있어요. 계속 글을 써서 문단에 등단하도록 해요."

나혜숙 여사는 차정이 작가가 되기를 권했다. 펜은 칼보다 강하다 했으니 작가가 되어 일제에 대항할까 생각해 보았다. 그러나 곧 고개를 저었다.

일제는 3·1운동 이후 힘으로 지배하던 무단정치를 버리고 좀 더 부드러운 문화정치로 통치방법을 바꾸었다. 신문과 잡지, 각종 책이 쏟아져 나와서 겉으로 보기에는 언론의 자유가 보장되는 듯 보였지만 실제로는 그렇지 않았다. 오히려 더 심하게 내용을 감시하고 통제했다. 작가들에게 일본을 찬양하는 글을 쓰라고 강요하고 그렇지 않으면 감옥에 집어넣었다. 그렇지만 이런 탄압이 무서워서가 아니다.

"글로 일제에 저항하는 건 너무 약합니다. 그러다간 독립이 너무 오래 걸릴지도 모릅니다. 많은 사람들이 목숨을 걸고 싸우고 있는데 저만 편안하게 글을 쓰고 있을 수가 없습니다."

차정은 나라를 구하기 위해 좀 더 직접적이고 효과적인 일을 할 생각이었다. 오빠들이 들려준 항일투쟁의 이야기들은 차정의 마음을 뜨겁게 만들었다. 그중에서도 가장 차정의 관심을 끈 것은 의열단이었다.

의열단은 1919년 3·1만세운동 이후 그 열기를 모아 11월에 중국에서 만들어진 항일운동단체였다. 약산 김원봉이라는 청년이 만들었는데 이들의 활동은 답답한 속을 시원하게 해주었다. 의열단 단원들은 목숨을 걸고 총독부나 경찰서에 폭탄을 던지기도 하고 친일파나 일본 주요 인물들을 암살했다.

차정이 11살 되던 1920년에 의열단 단원 박재혁이 부산경찰서에 폭탄을 던진 사건은 사람들의 입에 두고두고 오르내렸다. 그의 여동생 박명진은 차정과 일신여학교 동창이었다.

차정은 그들이 존경스러웠고 그들처럼 되고 싶었다. 그래서 열심히 공부하고 준비했다. 문학 서적보다 사회과학 서적을 읽었고, 〈동래청년동맹〉에서 활동했으며, 동맹휴학투쟁에도 뛰어들었다.

3. 모진 비바람에도 꺾이지 않고

해가 뉘엿뉘엿 넘어가고 있었다.

차정의 집에서 두 사람의 그림자가 나왔다. 허리가 굽은 할머니와 남자아이였다. 할머니는 흰 치마저고리를 입고 쪽을 진 머리에 수건을 둘러쓰고 지팡이를 짚었다. 한 손은 지팡이를 잡고 다른 한 손은 아이의 손을 잡았다. 둘은 잠시 주변을 살피는가 싶더니 조심스레 골목을 빠져나왔다.

"누나."

남자아이가 조심스레 말을 걸었다. 차정의 동생인 문하다.

"쉿! 누나라고 부르지 말랬잖아."

목소리가 작긴 하지만 차정이 분명했다.

"아, 참! 할머니. 일본 순사는 없는 것 같습니더."

"그래. 애구, 허리야. 쿨럭쿨럭."

누가 보면 영락없는 할머니다.

몇 시간 전, 차정은 동생 문하와 머리를 맞대고 의논을 하고 있었다.

"누나, 온 거리에 일본 순사가 쫙 깔렸는데 어딜 간다는 기고?"

"그래도 가야 한다. 애들한테 우리가 계획하고 있는 동맹 휴교에 대한 정보도 알려줘야 하고 격문도 전해줘야 해."

문하가 잠시 생각에 잠겼다.

"격문이 뭐고?"

"우리가 주장하는 내용을 인쇄한 전단이다."

차정이 '일제 타도!'라고 쓴 종이를 보여주었다. 문하는 고개를 끄덕였다.

"그라모 절대 들키면 안 될 낀데 변장을 하면 어떻겠노?"

"안 그래도 그럴 생각이야. 나는 할매로 변장할란다. 설마 할매까지 의심하진 않겠지?"

차정은 미리 준비해두었던 옷과 변장 도구들을 꺼냈다. 그리고 '식민지교육 철폐!', '민족차별 중지!', '일제 타도!'라고 쓴 격문들을 꺼내 몸에 붙이고 천으로 칭칭 감았다. 그 위에 치마를 입으니 좀 뚱뚱하긴 했지만 감쪽같았다.

"그럼 내가 따라갈게. 할매가 손자 데리고 가면 의심 안 할 끼다."

차정은 동생까지 위험에 처하게 하고 싶지 않았지만 문하는 따라가겠다고 고집을 부렸다.

"좋아. 같이 가자. 그 대신에 무슨 일 생기면 바로 도망가야 해. 나는 내가 알아서 도망갈 거니까 니는 뒤도 돌아보지 말고 도망가야 해. 알겠나?"

차정은 동생에게 다짐을 받고서야 함께 집을 나섰다.

차정의 집은 일본 경찰들에게 늘 감시를 받고 있었다. 큰오빠 문희와 둘째 오빠 문호, 차정, 그리고 이 집을 드나드는 학생들이 모두 감시 대상이었다. 그도 그럴 것이 오빠들은 동래고보를 다니던 때부터 항일운동을 주도했고, 차정 역시 일신여학교에 다니면서 항일학생운동을 주도하고 있었기 때문이다. 지금도 차정은 일본에 저항하는 동맹 휴교를 주도하고 있다.

차정과 문하는 큰길로 나왔다. 시장이 근처에 있었기 때문에 오가는 사람들이 많았다. 갓을 쓰고 두루마기를 입은 할아버지가 팔자걸음으로 걸어가는가 하면, 양복에 중절모를 쓴 사람이 인력거를 타고 지나갔다.

제복을 입은 일본 경찰들이 길을 막고 학생으로 보이는 사람들은 모두 검사하고 있었다. 수상한 물건은 허락하지 않겠다는 듯 가방과 호주머니를 뒤졌다.

휘 - 휘리릭. 호루라기 소리가 날카롭게 울렸다.

"어이! 거기 이리 와 봐!"

허리에 칼을 찬 일본 경찰이 차정에게 손짓을 했다. 차정은 얼른 손수건을 꺼내 얼굴을 가렸다.

"콜록콜록. 에헴, 퉤! 콜록."

"할매. 괜안나? 또 아프나?"

문하가 걱정스럽게 차정을 보았다.

차정이 자지러지게 기침을 하고 침을 뱉자 경찰이 얼굴을 찌푸렸다.

"에이. 어디다 침을 뱉나? 이 할망구가. 더러운 조센징. 저리 가!"

경찰이 몸을 뒤로 빼며 가라는 손짓을 했다. 차정은 비틀거리며 그곳을 벗어났다.

사람들이 없는 한적한 골목에 들어서서야 둘은 안도의 숨을 내쉬었다. 차정은 그 골목 끝 집으로 들어갔다. 그집은 차정과 함께 동맹 휴교를 주도하기로 한 친구의 집이었다. 그렇게 차정은 위험을 무릅쓰고 친구들 집을 돌아다니며 휴교에 대한 정보와 자료를 전달했다.

이렇게 차정은 항일운동을 하느라 학교에 결석하는 일이 잦았지만, 1929년 3월, 일신여학교를 무사히 졸업했다.

차정이 학교에 다니는 동안 일본의 탄압은 더 심해졌고 사람들은 더 살기 힘들어졌다. 땅을 뺏기거나 지주의 횡포로 농사를 지을 수 없게 된 농민들이 공장 노동자가 되었지만 낮은 임금 때문에 끼니를 때우기도 힘들었다. 조선의 노동자들은 일본 노동자들 임금의 반이거나 반보다 적었고, 여성 노동자들은 그보다 반이 적었다. 그래서 노동자들이 파업을 하기도 했다.

차정은 이런 노동자들을 돕기도 하고 여성들의 지위를 향상시키기 위해 1년 전부터 해오던 근우회 활동에 열중하게 되었다. 근우회는 여성들로만 만들어진 항일운동단체였는데 신간회 자매단체였다.

신간회는 전국에 가장 많은 회원을 가지고 있는 항일단체였다. 6·10만세운동이 실패로 돌아가자 전국의 항일단체들이 모여 만든 단체다. 전국에 흩어져 있던 많은 항일단체들이 하나로 힘을 모았다는 것에 큰 의미가 있었다. 차정의 큰오빠 박문희가 신간회 본부에서 중앙집행위원으로 활동하고 있었다.

1929년 5월, 차정의 숙부인 박일형이 찾아왔다. 차정은 그를 아버지처럼 여기며 따랐을 뿐 아니라 스승으로 생각했다. 그가 차정이 독립운동가가 되는데 필요한 공부를 도와주고 이끌어 주었기 때문이었다.

"차정아, 경북지방에 흉년이 심해서 굶주리는 사람들이 많단다. 우리가 도우려고 하는데 너도 참여하는 게 어떻겠니?"

"당연히 그래야지예."

차정은 〈동래청년동맹〉에서 활동하던 때부터 박일형을 도와왔던 터라 흔쾌히 승낙했다. 그리하여 동래에서 신간회, 청년동맹, 노동조합, 근우회 지회, 네 단체가 연합하여 〈경북기근구제회〉를 결성했다. 차정은 재무를 맡아 열심히 활동했다.

그리고 1929년 7월, 경성에서 근우회 전국대회가 열리게 되었다.

"이번에 경성에서 열리는 근우회 제2차 전국대회에 참석할 동래지회 대의원으로 선출되었습니다."

근우회 동래지회 회의에서 차정을 대표로 정했다.

"부족하지만 대의원으로서 최선을 다하겠습니다."

차정은 자신에게 주어진 일에는 늘 최선을 다했다.

경성에서 열린 전국대회에는 55명의 대의원이 참석했다. 동래지회에서는 차정과 김계년이 참석했는데 거기에서 차정은 중앙집행위원으로 선출되었다. 차정은 학교를 졸업하자마자 근우회의 핵심 인물이 되어 지도자로서 활동하게 된 것이다.

근우회 사무실은 언제나 활기가 넘쳤다. 할 일은 많고 일할 사람은 적었기 때문이기도 했지만 모두 열정적인 사람들이었기 때문이다.

"차정씨, 신문 봤어요?"

근우회 사무실에서 출판과 선전을 담당하고 있던 차정에게 허정숙이 급하게 다가왔다. 그녀의 손에 동아일보가 들려 있었다. 허정숙은 함께 일하는 근우회 핵심 간부로 차정보다 선배였다. 밝고 활달한 성격의 정숙 얼굴이 어둡게 굳어져 있었다.

'또 광주에서 일이 터졌구나!'

차정은 느낌으로 알았다. 차정은 정숙이 건네주는 신문을 얼른 받아보았다.

중·고 양교생 수백 명 충돌. 기차통학생의 사소한 감정. 양교 직원과 경찰이 진무(진정시켜 달램).

1929년 11월 4일 자 동아일보 신문에는 이렇게 쓰여 있었다. 심상치 않은 일이 일어나고 있음이 틀림없었다.

〈광고보·중학생 충돌사건〉이라 불리는 이 사건이 처음 일어난 것은 며칠 전인 10월 30일 오후 5시 30분경이었다. 나주역에서 일본 중학생이 광주여고보(광주여자고등보통학교) 학생의 댕기 머리를 잡아당기며 모욕적인 말을 했다. 이를 본 여학생의 사촌 동생이 일본 학생에게 맞섰고 결국 두 학교 학생들 간에 싸움이 벌어졌다. 그런데 달려온 일본 경찰은 한국 학생들만 구타하고 해산시키는 등 편파적인 행동을 했다.

이 사건이 불씨가 되어 한국 학생들과 일본 학생들과의 싸움이 불붙었다. 이것은 점점 커져 양쪽 학교 학생들, 교사, 졸업생들까지 나서게 되었고 점점 다른 학교로 번져갔다. 이제 이 사건은 태풍의 눈이 되었다.

차정은 이날 이후로 매일같이 신문에 실리는 광주학생

들의 시위와 체포 소식을 보고 있었다.

"이런 나쁜 놈들! 우리 학생들만 잡아들이다니, 우리를 우습게 보고 있네. 이런 차별과 모욕을 당하고 가만있을 수 없지. 우리도 거리로 나섭시다!"

차정은 두 주먹을 불끈 쥐었다.

"우리 근우회에서 여학생들을 도와 시위 운동을 벌이 면 어떻겠어요?"

허정숙이 말하며 주먹 쥔 팔을 들어 보였다.

"좋습니더!"

차정은 당장이라도 뛰어나갈 듯 힘이 솟구쳤다. 신간 회에서 활동하는 문희도 광주학생들의 진상조사를 하고 보고대회를 계획하는 등 바쁘게 움직였다.

차정은 근우회 회원들과 함께 경성에 있는 여학교 학 생대표들을 만나 계획을 세우고 차근차근 준비를 진행하 였다. 그리하여 1929년 12월 2일, 경성에 있는 고등학교 에 광주학생사건의 진상을 알리는 격문을 뿌리고 만세시 위행진을 했다. 겨울의 추운 날씨에도 불구하고 이 시위 는 3일까지 계속되었다.

학생들의 움직임을 예의주시하고 있던 일본 경찰은 가 만있지 않았다.

"시위를 배후조종한 것들을 모두 잡아들여라!"

일본 경찰들은 시위하는 학생들을 잡아가는 것은 물론

이고 근우회 사무실로 들이닥쳐 물건을 뒤지고 사람들을 잡아갔다. 차정도 배후 조종세력으로 지목되어 허정숙, 오빠 문희와 함께 검거되었다. 경찰서는 끌려온 여학생들로 가득 찼고 차정은 차분하게 심문을 받았다. 그리고 다행히 대부분의 학생과 함께 곧 풀려났다.

"이대로 물러날 순 없지!"

차정은 이것으로 만족하지 않고 2차 시위를 계획했다. 이번엔 경성에 있는 학교들이 개학하는 1월 15일로 날짜를 잡았다. 학교도 이화, 숙명, 배화, 동덕여고보를 비롯하여 근화, 실천, 정신, 태화여학교, 여자미술학교, 경성여자상업학교, 경성보육학교 등 11개 여학교가 참여하였다.

"광주 학생 만세!"

"피압박민족 만세!"

"약소민족 만세!"

구호를 외치며 격문을 뿌렸다. 여학생들의 목소리가 사방으로 울려 퍼졌다. 차정도 목이 터져라 구호를 외쳤다. 한겨울 추위도 맥을 못 출 정도로 열기가 가득했다.

"차정아, 빨리 몸을 피해! 경찰들이 너를 찾고 있어. 이번에 또 붙잡히면 아마 쉽게 빠져나오지 못할 거야!"

경찰이 시위를 주도한 근우회 간부들을 검거하러 나선 것을 알고 문희가 달려왔다.

"어디로 피하지? 내가 갈만한 데는 다 경찰이 감시하고 있을 텐데."

"그럼 반대로 부산 집으로 피하는 건 어떻노? 감시당하고 있는데 설마 집으로 가리라곤 생각 못 할 거야. 거기가면 도와줄 사람이 많고 숨을 데도 많아."

오빠 말에 차정은 그렇게 하기로 했다. 차정은 고향집으로 내려가 몸을 숨겼지만 얼마 못 가 혈안이 된 일본 경찰의 손에 붙잡히고 말았다.

차정이 체포되어 경성으로 압송되어 간다는 소문이 동래 일대에 퍼졌다. 차정의 집안이 독립운동가 집안이라는 것을 모르는 사람이 없었고, 오빠들을 비롯한 차정의 항일운동은 동래 사람들에게 이미 알려져 있었다. 사람들은 내놓고 도와주지 못해도 마음속으로 항상 응원하고 있던 터였다.

"차정이가 체포됐단다. 우야꼬!"

"박차정이 경성으로 압송된단다. 나쁜 왜놈들!"

끌려가는 차정을 보기 위해 전차 정류소에 사람들이 몰려들었다. 수갑을 찬 차정이 나타나자 사람들은 자신의 가족이 끌려가는 것처럼 슬퍼했다. 그중에는 흐느끼는 사람도 있었다.

'저 사람들이 내 부모요 형제들이구나.'

사람들 틈에서 어머니의 얼굴을 찾던 차정은 그들을 보고 가슴이 찡했다. 그리고 어깨가 무거워졌다.

차정은 경찰서로 끌려가 심문을 당했다.

"조용히 반성하지 않고 또 시위를 주도했어? 같이 시위를 주도한 사람들 이름을 대! 지금 그들이 어디 있는지 알지?"

심문을 하던 경찰이 주먹으로 책상을 내려쳤다. 그들은 머리와 뺨을 때리고 발로 차고 구타하는 것을 아무렇지도 않게 여겼다. 차정은 입을 꼭 다물고 아무 말도 하지 않았다. 말할 수 없이 잔인한 고문이 이어졌다. 온몸이 부서지는 것 같은 고통에도 차정은 이를 악물고 버텼다.

결국 차정은 보안법 위반으로 구속되었다. 보안법은 일본이 식민지 지배를 위해 만든 치안법이다. 이 법은 조선인들에게만 적용했는데 이 법으로 항일시위를 하거나 항일운동을 하는 사람들을 잡아들여 구금했다. 3·1운동 때에도 만세시위를 했던 많은 사람들이 이 법에 의해 체포되었다.

한겨울의 추위는 매서웠다. 유치장 안은 온기라고는 없이 차가웠고 이불도 제대로 없었다. 잔인한 고문으로 이미 몸이 많이 상한 차정은 끼니로 주는 조밥이 목으로 넘어가지 않았다. 쌀은 거의 없고 콩 몇 개와 좁쌀이 대부분인 밥이었다. 추위와 배고픔, 상처로 고통은 점점 심해졌다. 차정은 조국의 독립을 위해 애쓰는 오빠들과 많은 동지들을 생각했다.

'절대 지지 않을 것이다. 너희들이 내 몸을 산산조각낸다 할지라도 내 뜻을 굽힐 수는 없을 것이다!'

차정은 이를 악물었다. 고통스러울수록 마음이 활활 타올랐다. 조국의 해방을 꼭 이루고 말겠다는 결심이 굳어졌다. 차정의 마음은 단단해져 갔지만 건강은 나날이 악화되었다.

이때, 차정의 건강이 좋지 않다는 소식을 박문희가 들었다. 문희도 체포되었지만 곧 풀려났던 터라 동생이 풀려날 줄 알았다. 그런데 경찰은 차정을 풀어주지 않았다. 문희는 동생의 석방을 위해 온갖 노력을 아끼지 않았다. 그는 병보석을 신청했다. 아직 형이 확정되지 않은 죄수가 병이 났으니 석방해달라고 요청한 것이다. 일본 경찰도 차정의 상태가 심각한 것을 알고 풀어주었다. 차정은 그렇게 3개월 만에 서대문형무소를 나왔다.

4. 탈출 작전

차정은 눈을 떴다.

눈부신 햇살이 창호지를 뚫고 들어오고 있었고, 경쾌한 새소리가 들려왔다.

'꿈이었구나.'

자꾸만 깊은 늪으로 끌어들이는 검은 괴물로부터 벗어나려고 허우적대는 꿈을 꾸었다.

"정신이 좀 드십니꺼."

낯선 목소리가 들렸다.

차정은 정신을 모으고 소리가 나는 곳을 보았다. 양복을 입고 나이가 지긋한 남자였다.

"의사… 선생님?"

차정은 입이 말라서 말이 잘 나오지 않았다.

"차정아, 인제 정신이 좀 드는 갑네. 그래, 의사 선생님이다. 니를 치료해줄라꼬 오셨다 아이가."

옆에서 어머니가 차정의 손을 잡았다. 어머니는 차정의 머리에 얹힌 수건을 내리고 차가운 수건을 얹어주었다.

"어, 엄마."

차정은 형무소를 나와서 곧장 동래로 내려왔었다. 그

리고 몸을 추스르기도 전에 다시 검거되었다. 조선방직파업이 일어났기 때문이다. 차정이 주도한 것이 아닌가 하여 3차에 걸친 심문을 받은 뒤 풀려났다. 차정의 건강은 더 악화되었다.

차정은 꼬박 며칠 동안 사경을 헤매며 앓았다.

차정은 몸을 움직여보려고 하다가 고통에 얼굴을 찡그렸다.

"절대 움직이면 안됩니더. 당분간 꼼짝하지 말고 누워 있어야 합니더."

의사선생은 차정을 말렸다. 그리고 어머니한테도 절대 안정을 취해야 한다고 당부를 하고서는 돌아갔다.

"고마운 분이다. 니가 온 뒤로 매일같이 치료해주러 오셨다 아이가. 게다가 치료비는 한 푼도 안 받겠다고 하시더라. 얼마나 고마븐지 모르겠다."

어머니 말처럼 의사 선생은 한 달 동안이나 왕진 치료를 해주었고 치료비는 한 푼도 받지 않았다. 덕분에 차정의 건강도 점점 좋아졌다. 하지만 혹독하고 잔인한 고문의 후유증으로 차정은 아기를 낳을 수 없는 몸이 되고 말았다.

'내 몸이 가루가 된다 해도 절대 내 뜻을 꺾지 않을 것이다!'

여성으로서의 평범한 삶은 이미 계획에 없었기 때문에

차정에겐 심각한 일이 아니었다. 오로지 조국의 해방을 위한 투사가 되기 위해 일어서야만 했다.

어느 날이었다. 검은 그림자 하나가 조심스레 주위를 살피며 집 안으로 들어왔다.

"누, 누고!"

어머니가 인기척에 놀라 소리쳤다.

"쉿! 조용히 하십시오. 저는 아드님 박문호 씨가 보내서 온 사람입니다."

검은 그림자는 중국 남경에 있는 둘째 오빠 문호가 보내서 온 사람이었다.

"문호가!"

"네."

"우리 문호는 잘 있는가?"

"네. 잘 지내고 있으니 걱정 마시라고 전하랬습니다. 잠시, 따님과 둘이서만 할 이야기가 있습니다."

"그래, 알았네."

어머니는 차정과 손님을 남겨두고 부엌으로 갔다. 아들에 관해 묻고 싶은 것이 가슴 켜켜이 쌓였지만 그냥 묻어두었다. 독립운동가의 어머니로 산다는 것은 참고 또 묻어두는 것인지도 모른다.

차정은 건강을 많이 회복하고 있었다. 그런 차정을 본 손님은 가슴 속에서 편지 한 장을 꺼내 전했다.

차정아, 그동안 고생 많았다.

이제 그만 중국으로 오너라.

모든 것을 준비해두었으니 시키는 대로 하면 된다.

내일 당장 짐을 꾸려 경성으로 가거라.

보성전문학교 교수인 홍성하 씨 댁으로 가면

거기서 망명 준비를 도와줄 것이다.

차정은 가슴이 뛰었다. 중국으로 간다는 건 곧 의열단에 합류하는 것을 뜻하기 때문이다.

"이건 모두 문희 오빠가 계획한 겁니꺼?"

차정이 물었다.

"네. 박문희 선생이 북경에 있는 동생에게 연락해서 계획을 알렸습니다. 그러자 동생 문호 선생이 탈출자금을 보내주셨습니다."

"그랬군요."

차정은 문호가 갑자기 사라졌던 때를 떠올렸다. 어머니는 물론이고 온 동네 사람들을 충격에 빠뜨렸던 대사건이었다. 오빠와 함께 조합의 공금 1,500원이 사라졌기 때문이다.

나중에야 문호가 중국으로 갔다는 것을 알았다. 문호는 학교를 졸업하고 동래누룩조합 사무원으로 일하고 있었는데 조합의 공금 1,500원을 가지고 중국 북경으로 망명해버린 것이다. 그리고 얼마 후 전해온 소식에 따르면 중국에서 어머니 친척이자 의열단원인 김두봉 선생을 만나 의열단에서 활동하고 있다고 했다.

오빠는 늘 항일운동을 하고 싶어 했다. 하고 싶은 일을 위해 앞뒤 가리지 않는 것은 참 오빠다웠다. 그 덕분에 차정도 의열단과 더 가까워지게 되었다.

1929년 10월에 조직된 의열단의 〈조선공산당재건동맹〉 7명의 중앙위원에는 문호와 함께 차정도 나란히 이름이 올라 있었다. 차정은 중국으로 망명하기 전부터 이미 의열단 단원으로 인정받았던 것이다.

지금 차정은 일본 고등경찰의 감시를 받고 있다. 그들은 노동자 파업이나 학생들의 동맹휴업이 생길 때마다 차정을 데려가고 집을 수색할 것이다. 언제 또 잡혀가서 고문을 받을지 몰랐고 그렇게 건강을 해치면 더 이상 독립운동을 계속하기 어려울지 모른다.

게다가 국내의 상황도 좋지 않았다. 1929년 10월 24일, 뉴욕 주식시장의 주가가 폭락하면서 대공황이 시작되었다. 미국을 중심으로 여러 나라의 경제가 무너졌고 이로 인해 사람들은 직장을 잃고, 직장에 다녀도 임금이 줄었다. 일본의 착취로 어려운 우리나라 사람들의 어려움은 더 컸다. 자연히 독립운동도 위축될 수밖에 없었다. 일제의 약탈 수법도 점점 악랄해지고 항일 독립운동에 대한 탄압도 심해졌다. 항일운동에 참여했던 사람들을 친일파로 전향시키려고 수단 방법을 가리지 않았다.

'중국으로 가야겠다. 더 이상 국내에서 활동은 어려워.'

차정은 중국에 가기로 결심했다.

다음날 차정은 간단한 짐을 꾸려서 경성행 열차를 탔다. 주위 사람들에게는 오빠 집에 요양하러 간다고 했다. 창밖으로 봄기운이 가득했다. 혹독하게 추웠던 지난겨울도 봄바람에 밀려 가버렸다. 우리 민족의 겨울도 이렇게 끝났으면 좋겠다고 차정은 생각했다.

경성에 도착한 차정은 누가 미행하지는 않는지 조심하면서 홍성하의 집을 찾아갔다. 홍성하는 큰오빠 또래로 인상이 좋았다. 마침 문희도 함께 차정을 기다리고 있었다.

"어서 온나. 얼굴이 좀 창백해 보이는데 괜안나?"

문희가 걱정스레 차정을 보았다.

"괜찮아예. 이렇게 도와주셔서 고맙습니더."

차정이 성하에게 인사를 했다.

"아닙니다. 같은 고향에다 일본 유학 후배인데 도와야지요."

성하는 부산 출신으로 문희보다 세 살이 많았다. 일본 대학에서 경제과를 다닌 것도 문희와 같았다. 그는 오누이가 할 이야기가 많음을 알고 인사를 나누고 나갔다.

"차정아, 요즘 중국이나 소련으로 넘어가는 사람들이

많아서 일본 경찰들의 감시가 보통 심한 게 아니다. 북행 열차를 타는 것보다는 배가 나을 것 같다."

"그래요?"

쉽지 않을 거라는 건 차정도 예상했던 일이었다.

"인천에서 상해로 가는 배를 타는 기다."

"알겠습니더."

"준비는 내가 알아서 해줄게."

"오빠도 같이 가입시더."

"난 여기서 아직 할 일이 남아 있다. 더 이상 버티기 힘들다고 생각되면 뒤따라갈게."

"조심하이소."

차정이 나직하게 말했다.

1930년 2월 22일 저녁 8시경, 차정은 집을 나섰다. 최대한 의심을 사지 않도록 눈에 띄지 않는 평범한 차림을 했다. 만일 누군가 미행하는 사람이 있다면 따라올 수 없도록 길을 여러 번 둘러 갔다. 치밀하게 준비된 각본에 따라 차정은 역에서 야간 기차를 탔다.

기차는 어둠을 뚫고 인천으로 달려갔다. 차정은 멀어지는 경성의 불빛을 한동안 바라보았다. 예상했던 대로 밤기차는 검문이 느슨해서 경계를 늦추고 휴식을 취할 수 있었다.

인천항에 도착했을 땐 아직 채 어둠이 가시지 않은 새

벽이었다. 바람이 차가웠다. 바람을 타고 바다 냄새가 났다. 부두에는 중국행 여객선이 기다리고 있었다. 차정은 주위를 살폈다. 여기저기서 제복을 입은 일본 경찰들이 눈에 띄었다. 차정은 잔뜩 긴장해서 구석으로 몸을 숨겼다.

경찰들은 여객선에 오르는 사람들을 일일이 검문하고 있었다.

'어떻게 검문을 통과하지?'

지금쯤 차정이 사라진 걸 알아차렸을지도 모른다. 여객선 출발 시간이 다가오고 있었다.

그때 뒤쪽에서 소리가 들렸다. 보니 한 무리의 여자들이 다가오고 있었다.

"빨리빨리 와라 해! 이러다가 배 놓치겠다 해!"

무리 앞에서 한 남자가 거칠게 여자들을 재촉했다. 그들은 여객선을 타러 가고 있었다.

'우리 조선 여자들을 사서 중국에 팔아넘기는 놈이구나. 이런 상황만 아니라면 저 놈을 그냥 두지 않을 낀데. 가만, 저기 끼어서 가면 되겠다.'

차정은 그들이 옆을 지나갈 때 여자들 사이에 슬쩍 끼어들었다. 차정은 목도리를 올려 얼굴을 가리고 고개를 푹 숙였다. 그들은 일본 경찰과 이미 아는 사이인지 몇 마디 말을 나누더니 여자들을 배에 태웠다. 다행히 자세히 살펴보지는 않았다. 배에 오르고 나서야 차정은 편히 숨을 쉴 수 있었다.

　그렇게 차정은 중국으로의 망명길에 올랐다. 항구의 불빛들 너머 조국을 언제 다시 볼 수 있을지 알 수 없었다. 어떤 일들이 차정을 기다리고 있을지도 알 수 없었다. 하지만 차정의 가슴은 뛰고 있었다. 조국의 독립을 위해서 가는 길이기 때문이고 그 길 끝에 희망이 있다고 믿었기 때문이다.

5. 이순신을 닮고 싶은 소년을 만나다

　차정은 상해를 거쳐 북경으로 갔다. 긴 여행이었다. 몸이 회복되었다고는 하지만 아직 긴 여행을 하긴 무리여서 피로하고 힘들었다. 그러나 둘째 오빠 문호와 외당숙인 김두봉을 만나자 다시 활기를 되찾았다. 두 사람은 차정을 반갑게 맞아주었다.

　"요즘 의열단 활동은 좀 어떻습니꺼?"

　차정이 물었다.

　"테러보단 학교 쪽으로 방향을 틀었지. 일시적인 테러보단 장기적으로 청년 투사와 한국 독립전쟁 간부를 길러내는 것이 더 낫다고 결론을 내렸는기라."

　오빠 문호가 대답했다.

　의열단은 1920년대에 크고 작은 암살, 파괴활동을 하여 일제의 간담을 서늘하게 하는 동시에 조선 사람들의 속을 시원하게 해주었다. 그러나 일제 식민통치를 근본적으로 흔들지는 못하였고, 일제의 삼엄한 경계로 암살활동은 점점 어려워졌으며, 그에 비해 우리 젊은 의사들의 희생은 너무 컸다. 그래서 의열단 단장 김원봉은 1926년에 의열단 암살활동을 중지하고 새로운 항일투쟁 방법이 없을까 고민했다. 그러다 학교를 만들기로 한 것이다.

"저도 군사학교가 꼭 필요하다고 생각해요. 일본이 조선을 차지한 것에 만족하지 않고 중국과 전쟁을 일으킬 거라는 소문을 들었습니다. 일본은 처음부터 중국 땅을 노리고 있었지요. 만약 그렇게 된다면 우리도 군인이 되어 싸워야 합니다!"

차정의 눈빛이 빛났다.

"허허, 역시 우리 차정이답구먼. 나도 그렇게 생각한다. 하지만 우선 차정이는 건강을 회복하도록 하고, 북경 화북대학에 입학해서 공부를 마치도록 해라. 중국어도 배워야 하고 앞으로 중국 사람으로 변장해서 활동하려면 알아야 할 게 많다. 배우는 게 곧 힘이야."

김두봉이 찻잔을 들어 따뜻한 차를 한 모금 마셨다. 그 말에 문호도 고개를 끄덕였다. 문호도 북경에 와서 화북대학에서 공부를 마치고 의열단 활동에 본격적으로 뛰어들었다.

"알겠습니다. 공부하면서 의열단 활동도 도울 겁니더. 의열단에는 늘 할 일이 많다 아입니꺼."

배움에 대한 열정이 누구보다 강한 차정이었지만 의열단 활동도 포기하기 싫었다.

"역시 차정이답구나. 약산이 레닌주의 정치학교를 개교했다는 소문을 들은 게지. 사실 그렇게 말해주기를 은 근히 바라고 있었단다. 허허."

김두봉이 김원봉의 호인 약산을 들먹이자 차정은 가슴이 두근거렸다. 머지않아 의열단 단장인 김원봉을 직접 만난다고 생각하니 설레지 않을 수 없었다. 평소에 늘 존경해온 사람이었다.

북경의 봄은 짧았다. 그래도 봄인지라 온갖 꽃들이 꽃망울을 터뜨리고 새들이 지저귀었다. 하루하루가 살얼음 위를 걷는 것 같은 상황에서도 넋을 놓고 바라볼 만큼 아름다웠다. 그때 레닌주의 정치학교가 문을 열었다. 차정이 북경에서 처음 맞은 봄은 그래서 더 아름답고 인상적이었다.

1930년 봄에 문을 연 레닌주의 정치학교는 1931년 2월까지 두 차례에 걸쳐 21명의 학생을 졸업시켰다. 이들은 고국으로 돌아가 조선 공산당 재건을 위한 비밀결사조직을 만들고 대중운동을 일으키려 했으나 아쉽게도 대부분 체포되고 말았다.

오히려 이 학교의 결실은 엉뚱한 곳에서 맺어졌다. 이 학교의 운영과 교육을 돕던 차정이 김원봉 단장과 결혼하게 된 것이다.

사실 차정은 원래 결혼에 뜻이 없었다. 평생 독신으로 살면서 조국의 독립을 위해 헌신할 생각이었다. 그런데 김원봉을 만난 순간 그 결심이 흔들이기 시작했다.

"난 밀양사람 김원봉이오."

하고 내미는 그 손을 잡는 순간, 모든 것이 변했다. 그건 김원봉도 마찬가지였다.

"안녕하십니꺼. 박차정입니더."

차정이 씩씩하게 인사를 하자 김원봉이 빙그레 미소를 지었다.

"이런 작은 몸에서 어떻게 그런 큰 힘이 나온단 말이오? 그동안 차정 씨 활동 무척 인상 깊었소. 얼마나 만나고 싶었는지 모르오."

김원봉은 잘생긴 얼굴에 점잖은 기품이 흘렀다. 거기다 21세에 중국으로 건너온 이후, 오직 민족의 독립만을 위해 지냈다. 그러니 지나온 세월이 주는 성숙함이 있었다. 거친 세월이었을 텐데도 여유가 있었다. 어떤 아가씨라도 마음을 뺏길 만 했다.

그러나 정작 차정의 마음을 끈 것은 그의 독립투사로서의 모습이었다. 의열단 단장으로서 자신이 하고자 하는 일에 대한 확신에 찬 모습, 그리고 그것을 추진하는 힘, 여성에 대한 배려, 그 속에 감춰진 내면의 따뜻함이었다.

차정은 레닌주의학교에서 학교운영과 교과과정에 깊이 관여했으며 자신의 의견을 당당하게 주장했다. 차정의 열정적이고 당찬 모습 또한 김원봉의 마음을 끌었다.

"내가 가장 본받고 싶은 사람은 도요토미 히데요시를

물리친 민족 영웅 이순신 장군이오. 내가 열여섯 살 때 그를 본받아 일생을 조선 민족의 항일독립을 위해 바치기로 결심했소. 지금도 그 결심에는 변함이 없다오. 단지 그 길을 당신과 함께 가면 더 좋을 것 같소. 우리 부부가 되어 함께 갑시다."

김원봉이 차정의 손을 잡고 말했다.

둘은 닮은 점이 많았다. 같은 목표를 가지고 있고, 그 목표를 위해 가는 길도 같고, 문학적인 감성도 비슷했으며, 둘 다 왜놈들과 숙명적으로 맞서야 했던 경상도 땅에서 태어났다. 어머니의 육촌인 김두전과 김원봉은 의형제를 맺은 사이였으니 이웃집 청년이라고 해도 무방했다.

그러나 차정은 망설였다.

"동지로서만 함께 하면 안 되겠습니꺼? 저는 아내로서 자식을 낳아드리지 못합니더."

김원봉을 만나면서 늘 마음 한편에 걸리던 것이었다.

"지금 이대로의 당신이면 되오."

김원봉은 차정의 사정을 알고 나서도 마음이 변하지 않았다. 그의 눈빛에서 진심을 읽은 차정은 마음을 굳혔다.

"좋습니더. 그럼 좋은 아내이자 동지가 되겠습니더."

차정이 대답했다.

그리하여 1931년 3월, 두 사람은 결혼식을 올렸다. 먼 이국땅에서 올리는 결혼식은 화려하지도 않고 일가친척도 없었지만 진심 어린 동지들의 축하를 받으며 이루어졌다. 두 사람은 결혼으로 천군만마를 얻은 것처럼 마음이 든든 하였다. 평범한 신혼부부들처럼 지내기를 바랐던 것은 아 니지만 이들의 평화로운 일상은 그리 오래가지 못했다.

1931년 9월 18일 만주사변이 일어났기 때문이다. 일본 은 호시탐탐 중국을 노리고 전쟁을 준비했던 터라 만주는 금세 일본의 손아귀에 들어가고 말았다. 일본이 미친 듯 이 전쟁에 열중하자 우리 민족은 더 힘들어졌다. 대공황 에다 만주사변, 그리고 일본의 탄압으로 우리 독립투사들 이 무더기로 잡혀 들어가는 일이 벌어졌다. 이렇듯 안팎 의 여러 상황이 좋지 않자 신간회와 근우회도 결국 해체 되고 말았다.

이런 상황은 북경도 마찬가지였다. 조선과의 모든 연 락이 끊겼고 독립운동자금도 끊어졌다. 김원봉과 차정은 자금난으로 더 이상 학교를 운영하기 어렵게 되었다. 그 리하여 1932년부터 활동무대를 북경에서 중국 국민당 정 부가 있는 남경으로 옮겼다.

"일본의 침략으로 중국 사람들의 항일의식이 높아지고 있소. 중국과 힘을 합쳐 일본에 대항한다면 길이 열릴 것 같소."

김원봉은 중국 국민당 정부의 재정적, 군사적 지원을 받아 독자적인 힘을 키우려는 계획을 짰다. 이것은 항일운동을 국제적으로 연대하는 것과 의열단 활동을 활성화하는 것, 두 가지 이익을 얻기 위한 것이었다. 즉, 일석이조를 노리는 것이다.

"국민당에서 운영하는 〈삼민주의 역행사〉에 원조신청을 해야겠습니다."

차정은 김원봉을 도와 자원을 지원받기 위해 애썼다. 〈삼민주의 역행사〉는 중국 국민당 안의 비밀단체인데 한국, 베트남, 인도, 미얀마 등 압박받는 민족의 독립운동을 지원하고 있었다. 국민당 쪽에서 긍정적인 답이 왔다.

"일이 잘될 것 같소. 다 윤봉길 동지 덕분이오. 우리 의열단 사람은 아니지만 윤동지가 훙커우 공원에서 물통 폭탄을 던진 덕분에 중국 국민당에서 우리 독립운동에 지원을 해주는 거니까 말이오. 장제스는 중국군 백만 대군이 하지 못한 일을 윤봉길이 했다며 칭찬했다고 하오. 자, 우리도 힘을 냅시다. 우선 학생들을 모집해야겠소."

김원봉은 서둘렀다. 국민당 쪽과 협의한 개교일이 얼마 남지 않았기 때문이었다.

"아무래도 의열단 지도부가 모두 나서서 아는 사람을 통해 학생을 모집하는 게 제일 빠를 것 같소."

김원봉이 말했다.

"중국에서뿐만 아니라 조선에서도 모집해야 할 낀데, 국내에서 모집을 도와줄 사람은 누가 좋을까예? 음…. 오빠한테 부탁하면 어떻겠습니꺼."

차정은 오빠 문희를 떠올렸다. 박문희는 그때 남경에
와 있었다. 신간회마저 해체되자 더 이상 국내에서 활동
할 수 없어 망명해온 것이다.

"그거 좋은 생각이오. 연락을 해 봅시더."

차정은 오빠에게 사람을 보냈다.

두 사람은 북경에서 박문희를 만났다. 사람들의 눈을
피하기 쉬운 뒷골목의 찻집이었다. 8월의 무더운 날씨에
도 차정은 환한 웃음으로 오빠 손을 잡았다.

"고집불통 문둥아, 몸은 괜찮으냐? 시집가더니 좋아 보
이는구나."

차정을 보는 문희의 눈에 다정함이 가득했다.

"매부도 좋아 보이십니더."

박문희가 김원봉에게 손을 내밀었다. 김원봉은 반갑게
그 손을 잡았다. 그들은 잠시 서로의 안부를 물었다.

"남매가 할 말이 많겠지만 회포는 천천히 풀기로 하고
급한 이야기부터 합시다."

김원봉이 하고 싶은 말을 꺼냈다. 그러자 금방 의열단
회의 분위기로 바뀌었다.

"형님이 국내에 간부학교 1기생 모집을 좀 도와주이
소."

김원봉은 실제로 박문희보다 나이가 많았지만 아내의

오빠라서 형님이라고 불렀다. 학생모집은 박문희가 어느 정도 예상했던 부탁이었다.

"매부가 부탁하면 거절할 수가 없지. 차정이가 저렇게 째려보는데 우째 거절하겠노? 하하."

"오빠도 참!"

차정은 오랜만에 마음 놓고 웃었다. 오빠는 늘 차정에게 비 오는 날 우산과도 같은 존재가 되어주었다. 차정은 그것이 고마웠다.

"간부학교 신입생은 교육비가 모두 면제되고 합숙 생활을 합니더. 그리고 졸업 후에 중국의 각급 고등교육기관이나 중국중앙육군 군관학교에 들어갈 수 있다고 알려주이소. 신입생 집결지와 중간 연락 장소는 상해 프랑스 조계에 있는 민신의원입니더."

차정이 비밀스럽게 말했다.

프랑스 조계라는 것은, 프랑스가 다스리는 지역이라는 뜻이다. 당시 중국은 영국, 프랑스 등 나라와 계약을 맺고 상해 땅을 빌려주었다. 그래서 그 지역은 빌린 나라들이 직접 다스렸다. 프랑스가 다스리는 조계 지역은 일본군이 마음대로 들어올 수 없어서 우리나라 임시정부가 있었던 곳이기도 하고, 독립운동가들이 머물던 곳이기도 하다.

한 달 후, 문희는 부산으로 몰래 들어가 입학생을 모집하기 시작했다. 얼마 뒤, 문희로부터 전보가 왔다.

입교 지원자 5명 확보

남경으로 보내기 위한 준비 요망.

김원봉은 오빠가 위험을 무릅쓰고 모집한 학생들을 무사히 남경으로 데려오도록 했다. 문희가 모집한 1기생 중에는 민족시인 이육사와 밀양 출신 항일투사 윤세주도 있었다. 윤세주는 김원봉과는 친한 사이였다. 이 일로 문희는 일본 경찰의 끈질긴 추적을 받게 되었고 나중에 투옥되기도 했다.

1932년 10월 20일, 모두의 노력이 결실을 보았다. 남경 교외 탕산 현에 있는 선사묘라는 사찰에서 조선혁명간부학교(정식 명칭은 중국국민정부군사위원회 간부훈련반 제6대)가 문을 열게 되었다.

1차로 입학한 학생은 26명이었다. 이 학교의 교장은 김원봉이 맡았고 박차정은 여자 교관으로 활동했다. 이때 박차정은 신분이 노출되는 것을 막기 위해 임철애, 임철산이라는 가명을 썼는데, 이 이름은 차정이 일신여학교 교지에 실었던 소설 「철야」의 주인공 이름에서 따온 것이다. 김두봉도 교관으로 참여했는데 조선 어문을 가르쳤다.

학교에서는 정치교육과 군사교육을 주로 했는데 군사교육이 절반 이상을 차지했다. 조선 독립운동을 전개하는 데 실제적으로 필요한 것들에 중점을 두었기 때문이다.

"임철애 선생은 학생들의 정신교육을 좀 맡아 주이소. 그리고 교가를 만들어야겠는데…."

김원봉이 12명의 교관이 모인 자리에서 말했다.

"교가라면 임철애 선생이 딱이지요. 학교 다닐 때 글을 잘 썼다면서요."

비서 겸 교관인 왕현지가 말했다.

"맞아요. 우리 학교의 정신에 딱 맞는 가사를 지어주시오."

군사 교육을 맡은 이동화도 맞장구를 쳤다.

"그럼 제가 한번 해보겠습니다."

차정도 적극적으로 나섰다. 차정은 정성 들여 교가의 가사를 썼고 그것은 입학식에서 사방에 울려 퍼졌다.

조선에서 자란 소년들이여 가슴이 피 용솟음치는 동포여

울어도 소용없는 눈물 거두고 결의를 굳게 하여 모두 일어서라.

한을 지우고 성스러운 싸움으로 필승의 의기가 여기에서 뛴다.

훈련소 뒤에서 불어오는 차가운 산바람이 교가에 담긴 열기를 싣고 날아갔다.

6. 밀정과 함정

땡땡땡.

아침을 깨우는 종소리가 울려 퍼졌다. 오전 6시. 간부학교 기상 시간이다. 조용했던 산속의 학교가 학생들과 함께 잠에서 깨어났다. 차정도 일어나 얼른 옷을 입고 간단하게 씻고 마당으로 나왔다. 맑고 상쾌한 공기를 한 모금 들이마시니 정신이 번쩍 들었다.

학생들이 마당에 정렬했다. 차정과 다른 교관들은 학생들을 마주 보며 섰다.

체조 시-작!

구호와 함께 체조가 시작되었다. 학교에서 사용되는 언어는 모두 중국어다. 이것은 중국어 사용을 익숙하게 하여 신분이 노출되는 것을 피하기 위해서이며, 졸업 후에 중국인으로 가장하기 위해서이기도 하다.

교관이 앞에서 호루라기를 불어 동작을 맞췄다. 절도 있는 동작으로 시작된 체조는 30분간 계속되었다. 차정은 이마에 맺힌 땀을 닦았다. 제법 선선했던 아침 공기가 열기에 훈훈해졌다.

체조를 마치자 7시부터 아침 식사가 시작되었다. 사람

이 거주하는 곳은 간부학교라고 다를 게 없었다. 먹는 것부터 입는 것, 씻는 것 등 모든 것에서 규칙이 필요했다. 차정은 생활에 필요한 규칙을 만들고 지키게 했으며 감독했다. 식사를 마치고 나면 오전 수업이 시작되었다.

"자, 그럼 먹고 난 그릇들을 정리하고 점심을 준비합시더."

차정은 부엌살림을 도와주는 사람들에게 말했다. 그리고 음식 재료 창고에 가서 점심때 먹을 음식 재료를 살폈다.

"야채 요리하면 되겠네예."

"네. 교관님."

남경은 나물이 흔해서 좋았다. 넉넉한 살림이 아니었기에 고기를 구경하기 힘들었다. 중국에서 활동하고 있는 독립운동가들이 그리 잘 먹지 못하고 있는 것에 비하면 그래도 간부학교는 나은 편이었다.

차정은 학생들이 최상의 컨디션을 유지하도록 신경 썼다.

"학생들에게 오락시간 좀 주이소."

회의 때마다 차정은 뭔가를 건의했다. 이번에는 학생들의 심리상태를 위한 것이다. 목숨을 걸고 특별한 임무를 수행해야 할 학생들이기에 더 즐겁게 지내기를 바랐다. 학생들은 쾌활하게 웃고 떠들었지만 그 속에 숨어있는 무거움을 차정은 느낄 수 있었다. 왜 그렇지 않겠는가. 늘 주위에 사명과 죽음이 도사리고 있으니.

차정은 그런 무거움을 훈련으로 이겨냈다. 훈련하고 또 했다. 특히 사격훈련은 열심이었다.

"당신 사격솜씨는 최고야."

김원봉이 엄지손가락을 치켜세우며 차정을 칭찬했다.

"언제 전투가 벌어질지 모르는데 열심히 해야지예."

"당신이 나를 엄호해준다면 안심이 되겠어."

"걱정 마이소. 완벽하게 엄호하겠습니더!"

차정이 거수경례를 했다. 김원봉은 얼굴 가득 웃음을 머금었다. 잘 웃지 않는 그도 차정과 함께 있을 때는 긴장을 풀었다.

어느 날이었다. 나무들로 둘러싸인 학교 입구에 수상한 그림자가 나타났다. 가끔 주민들이 먹을 것을 가져다주기도 해서 차정은 그런가 하고 바라보았다. 그런데 주민처럼 차려입기는 했지만 자꾸 안쪽을 살피는 것이 수상했다.

"저 사람 좀 이상해. 가서 살펴보시오."

보초를 서고 있던 학생을 보냈다. 학생이 다가가자 그 사람은 재빨리 사라졌다.

"아무래도 스파이 같아."

차정이 비상 신호를 보내 교관들을 소집했다. 차정의 말을 들은 그들도 고개를 끄덕였다.

"밀정들이 설치고 있으니 어쩌면 좋겠소. 아무래도 발

각된 것 같소."

간부학교는 비밀리에 운영되고 있어서 일본 밀정들이 눈에 불을 켜고 찾는 곳이었다.

"만일을 대비해 학교를 옮겨야지요."

"이럴 때를 대비해서 제2의 장소를 준비하지 않았소. 그리로 갑시다."

차정은 이사할 준비를 서둘렀다.

차정의 생각대로 수상한 사람은 일본 간첩이었다. 그들은 학교를 남경 근교의 강녕진으로 옮겼다. 하지만 일본의 첩자들은 도처에 숨어 있어서 간부학교를 괴롭혔다. 간부학교는 그 후에도 몇 차례 더 옮겨야 했다.

학교뿐만이 아니었다. 차정의 가족들도 안전하지 않았다. 독립운동가들과 그 가족들에 대한 감시와 괴롭힘이 점점 심해지고 있었다.

조선에 있는 어머니와 동생의 안부를 걱정하던 차정이 김원봉과 상의해 두 사람을 남경으로 데려오는 작전을 짰다. 그리고 얼마 후 두 사람은 남경에 도착했다.

"어머니!"

차정은 어머니 손을 덥석 잡았다.

"누나! 형!"

동생 문하가 문호의 가슴으로 뛰어들었다.

얼마나 그리웠던 어머니와 동생인지 모른다. 동생 문

하는 못 보던 사이 훌쩍 자라 16살의 청년이 되어 있었다. 차정은 어머니와 동생이 눈앞에 있다는 사실이 믿어지지 않았다.

차정과 두 오빠들은 남경에 있으면서도 늘 고향에 두고 온 가족들이 마음에 걸렸다. 일본 경찰들이 독립군 가족들을 얼마나 괴롭힐지 짐작이 갔기 때문이다. 하루가 멀다 하고 가택수색을 하고, 불령선인 즉 국가에 불만을 품고 마음대로 행동하는 조선인이라는 낙인을 찍어서 생활하는 모든 것에 제약을 가할 것이 뻔했다. 어머니가 삯 바느질해서 근근이 먹고사는데 형편이 더 힘들어졌을 것이다.

어쩌다 고향에서 들려오는 소식은 어린 동생 문하가 신문배달이나 호떡장사를 한다는 것이었다. 그러나 그마저도 날이 갈수록 어려워지기만 했다. 그래서 어머니와 동생을 중국으로 데려오기로 한 것이다. 중국에는 그렇게 망명한 독립운동가 가족들이 많았다.

"날도 추운데 남경까지 오시느라 많이 힘드셨지요?"

김원봉이 사람 좋아 보이는 미소를 띠고 이들을 맞았다. 요즘 그는 신당 창당 때문에 무척 바빴다. 그런데도 어머니와 문하의 탈출을 여러모로 도왔다. 비밀리에 부산을 떠나서 화륜선을 타고 상해에 도착했고 또 남경까지 오는 과정은 쉬운 길이 아니었다.

"어머니, 그동안 고생 많았지예?"

차정은 여위고 꺼칠꺼칠한 어머니 손을 만지며 가슴이 아려왔다.

"너거들에 비하면 아무것도 아이다. 나라를 위해 애쓰는 사람들이 고생이지."

어머니는 오히려 거칠어진 차정의 손을 쓰다듬었다. 어머니는 항상 차정의 건강을 걱정했다. 고문의 상처가 너무 깊어서 무리하면 안 되기 때문이었다. 급하게 중국으로 온 후 차정의 건강이 악화되기도 했었다. 그러나 차정은 정신력으로 모든 것을 이겨냈다. 차정은 그리운 어머니를 만나고, 온 가족이 함께하게 된 것이 무엇보다 좋았다.

"저도 누님과 형님들을 돕겠습니더."

문하가 말했다.

"당연히 그래야지."

문호가 문하의 어깨에 팔을 걸쳤다.

하지만 일본 간첩들이 활개를 치는 형편이라 활동이 쉽지 않았다. 의열단 단원들이 일제의 밀정들을 찾아내려고 애쓰고 있었지만, 차정을 비롯한 모두의 안전은 항상 위태로웠다.

그러던 어느 날이었다. 차정의 고향친구가 일본 군대에 대한 중요정보를 팔겠다는 연락을 해왔다. 의열단 대원들은 급히 회의를 열었다.

"그 친구 말을 믿어도 되겠소?"

김원봉이 물었다.

"상해 술집에서 댄서로 일하는 친굽니더. 일본 고위급 군인들이 많이 드나드는 곳이라 정보를 얻을 수 있다고 봅니더. 그래도 요즘 같아서는 아무도 믿을 수 없지예. 위험할지도 몰라예."

차정은 신중하게 행동해야 한다고 생각했다. 가능하면 대원들의 희생을 최대한 줄여야 했다.

"그래도 일단 만나봐야지예. 미리 겁먹을 필요는 없다고 봅니더."

문호는 도움이 된다면 당장 달려가 알아보고 싶었다.

"일본 군대의 동태를 알 수 있는 정보라면 우리에게 필요한 정봅니다. 속는 셈 치고 한번 만나 보는 것도 좋겠지요."

의열단의 폭탄 전문가인 김시현 대원이 말했다.

"그러면, 함정일지도 모르니 충분히 대비를 하고 만나 보도록 합시다."

한참의 논의 끝에 김원봉은 그렇게 결론을 내렸다.

"저도 같이 가겠습니다."

문하가 따라가겠다고 나섰다.

"그럼, 같이 가자. 나서지 말고 뒤에서 따라와야 해."

차정이 문하를 챙겼다.

차정과 문호, 문하 외에도 몇 명의 대원이 함께 접선 장소인 상해로 갔다. 상해는 국제적인 항구도시라 드나드는 사람들이 많아서 활력이 넘치는 곳이었다. 그러나 1932년 1월에 일본이 상해를 침략한 이후로 예전과 분위기가 많이 달라져 있었다. 이젠 프랑스 조계도 안전하지 않았다.

"중국인 행세를 하는 게 안전할 거요."

김시현 대원의 말에 따라 모두 중국인 복장을 했다.

"잠시 기다리시오. 우리가 먼저 들어가서 살펴보겠소."

김시현이 문호를 데리고 먼저 약속 장소로 들어갔다. 차정과 다른 대원들은 근처에 흩어져서 몸을 숨기고 주위를 살폈다. 차정은 옷 속에 숨긴 총에 손을 대고 언제라도 꺼내 쏠 수 있도록 준비했다.

상해 번화가인 화이하이루에 있는 음식점이었다. 외국인들과 젊은 남녀들, 인력거꾼들이 활기차게 오가던 거리는 썰렁할 정도로 조용했다. 새소리조차 들리지 않았다. 차정은 뭔가 이상하다고 생각했다. 아무리 전쟁의 위험 속에 있다 하지만 마치 얼어붙은 듯한 고요함은 자연스럽지 않았던 것이다.

그때였다.

"함정이다! 모두 피해!"

김시현의 목소리였다. 차정은 훈련받은 대로 문하를 데리고 도망쳤다. 음식점에서 일본 경찰들이 우르르 몰려 나왔다.

"꼼짝 마라. 움직이면 쏜다!"

일본 경찰이 총을 들고 외쳤다. 차정도 권총을 들고 겨 눴다.

"앗, 문하가."

일본 경찰의 총이 문하를 향하고 있었고, 문호가 무사 한지 보려고 미적거리던 문하는 꼼짝없이 잡히고 말았다.

"모두 흩어져서 피하시오. 나중에 봅시다!"

대원 중 누군가 외쳤다. 이럴 땐 흩어지는 것이 경찰 들의 관심을 분산시켜서 도망가기 쉬웠다. 한 대원이 차 정의 팔을 잡아끌었다. 동생을 구하겠다고 혼자 행동하는 건 다른 대원들을 위험에 빠뜨리는 행동이다. 차정은 입 술을 깨물고 대원을 따라 앞만 보고 도망쳤다.

차정은 무사히 도망쳐서 돌아올 수 있었다. 그러나 김 시현과 문호와 문하는 붙잡히고 말았다. 붙잡힌 김시현은 10년, 문호는 5년의 형을 받고 일본 나가사키 형무소에 투 옥되었다. 문하는 미성년이라 실형은 받지 않았지만 조선 으로 송환되고 말았다. 그런 문하를 따라 어머니도 고향 으로 돌아갔다.

차정은 고향친구의 배후에 일본 밀정 홍 씨가 있었다

는 사실을 알게 되었고 분노에 휩싸였다. 오빠 문호는 1년 6개월의 실형을 살다 건강이 악화되어 가출옥했으나 다시 한 달 만에 체포되어 서대문형무소로 끌려가 11개월 동안 옥살이를 해야 했다. 문호가 두 번의 옥살이와 모진 고문으로 병이 악화되어 저세상으로 떠났을 때, 차정은 통곡하지 않을 수 없었다.

큰오빠 문회 역시 간부학교 2기생 모집을 위해 부산에 왔다가 1기생 5명이 체포되면서 배후 인물로 지목되어 체포되었다. 그 일로 부산형무소에서 2년간 복역했다.

이런 사건들로 인해 차정은 더욱 열렬한 투사가 되었다.

7. 여자들이 힘을 모으다

"단장님이 독립 정당을 만드신다고 애를 많이 쓰시는 것 같아."

훈련장 한 곳에 앉아 쉬고 있던 대원 한 명이 말했다.

"우리 의열단뿐만 아니라 다른 당들도 참여한다던데 정말인가?"

옆에 앉아 땀을 닦던 대원이 거들었다.

"그렇다네. 당원들 숫자가 엄청나니 중국에서 제1당이 되는 건 문제없겠네."

옆에서 듣고 있던 대원들이 고개를 끄덕였다.

"그러면 뭘 해. 김구의 한국국민당이 참가하지 않는데."

듣고 있던 다른 대원이 끼어들었다.

"결국 그런 건가. 다 같이 하나가 될 수는 없는 건가. 중국에서 우리 민족끼리 단합이 이렇게 안 되어서야 원."

"미국에 있는 조선인 민족주의자 단체들도 같이 참여한다는데 마음의 거리는 미국보다 먼가 보오."

대원들이 여기저기서 한 마디씩 거들었다. 우연히 지나다가 그들의 말을 듣게 된 차정은 생각에 잠겼다.

중국에는 항일운동 단체가 여럿 있었다. 항일운동의 방법이라든지 목표가 다른 사람들이 각각 만든 단체들이었다.

차정은 이번에 김원봉 단장이 추진하고 있는 민족혁명당에 모두가 힘을 합쳐주길 바라고 있었다. 김원봉 역시 힘을 합쳐 일본과의 해방전쟁에서 승리해야 한다고 믿었다. 마지막 순간에 조선으로 쳐들어갈 군대는 어떤 사상이나 파벌도 없는 모두의 군대여야 하기 때문이다. 하지만 그런 바람이 처음부터 삐걱거리고 있었다.

그럼에도 불구하고 1935년 7월 5일 민족혁명당이 창당되었다. 결국 김구 선생이 주도하는 당은 빠졌지만 계열을 달리하는 많은 사람들이 모여 독립운동을 하게 된 것이다.

차정은 당의 부녀부 주임을 맡게 되었다.

"모두가 당을 위해 애쓰는데 우리 여자들도 가만있을 수 없지예. 우리도 힘을 모읍시더."

차정이 당원 부인들을 불러 모았다.

"그래요. 우리도 가만히 있어선 안 되겠죠. 나도 돕겠어요."

이청천 장군 부인 이성실이 부인회 결성을 도왔다. 그러자 부인들이 모여들었다. 차정은 부인회 결성에 필요한 준비를 진행해나갔다.

"이름은 민혁당 남경조선부인회가 좋겠습니더."

부인들이 모여 의논한 결과 이름이 결정되었다.

"부인회에서 제일 먼저 해야 할 일은 뭘까요?"

한 부인이 물었다.

"우리 부인들의 단결과 훈련입니더."

차정이 망설이지 않고 대답했다.

모든 준비가 완료된 1936년 7월 16일에 민혁당 남경조선부인회는 창립선언을 했다.

"우리 조선 부녀를 현재 봉건적 노예제도 하에 속박하고 있는 것도 일본제국주의이며 또 우리들을 민족적으로 박해하고 있는 것도 일본 제국주의이다.

우리들이 일본제국주의를 타도하지 않고서는 우리 부녀는 봉건제도의 속박, 식민지적 박해로부터 해방되지 못한다.

또 일본제국주의가 타도된다 하더라도 조선의 혁명이 정치, 경제, 사회 등 각 방면에서의 진정한 자유, 평등이 아니라면 우리 부녀는 철저한 해방은 얻지 못한다."

"이거 무슨 말입니까? 어려운 말이 많아서 도통 모르겠네요."

한 부인이 속삭였다.

"쉽게 말하면 일본을 물리쳐야 우리 여자들도 해방된다는 말입니다."

옆에 있던 부인이 대답했다.

"아! 맞네요. 진짜 맞는 말입니다."

"독립을 해도 우리 여자들이 진정한 자유를 못 얻으면 안 되지예."

"맞습니더."

부인들이 수군거렸다.

차정은 민족해방운동을 앞에 내세우면서도 여성해방운동도 동시에 이루어져야 한다고 생각했다. 이런 생각을 널리 알리기 위해 〈앞길〉이라는 잡지에 여성문제 해결을 위한 글을 기고하기도 했다. 차정은 여성 문제를 알리기 위해서라면 어떤 노력도 마다하지 않았다.

그러던 중 1937년 7월 11일 중일전쟁이 일어나면서 한국의 독립운동은 새로운 국면을 맞이하게 되었다. 중국과 한국이 일본이라는 공동의 적을 향해 힘을 합쳐 싸우게 된 것이다. 한국의 독립운동이 활기를 띠게 되었다. 한국 독립의 날을 위한 군대의 양성이 더 절실해졌다.

중국에 있던 독립군대는 두 개의 단체로 통합되었다. 김구를 중심으로 한 광복연합회(한국광복운동단체연합회)와 김원봉을 중심으로 한 민족전선(조선민족통일전선

연맹)이다. 두 단체는 모두 남경에 있었는데 남경이 일본
군에게 공격을 받게 되었다.

　일본군 폭격기들이 벌떼처럼 남경 하늘을 뒤덮었고 여
기저기에 폭탄이 떨어졌다. 모든 대원은 전투준비를 했
다. 차정도 군복에 무장을 했다. 그러나 작정을 하고 불도
저처럼 밀고 들어오는 일본군 앞에서 중국군도 독립군도
밀리기만 했다.

　"모두 철수하시오. 남경을 빠져나가야 합니다!"

　김원봉은 남경이 함락되기 전에 떠나기로 결정했다.

　"어디로 갑니까?"

　"중국 정부가 있는 한구로 갑시다."

　대원의 질문에 김원봉이 대답했다.

　한구는 중국 정부가 옮겨 자리 잡은 곳이다. 차정은 90
여 명의 대가족과 함께 중국 측이 제공한 목선 7척에 나누
어 타고 남경을 빠져나왔다. 그들은 장강을 따라 올라가
한구에 닿았다. 한구에서 큰 집을 하나 빌려 모두 함께 거
주하기로 했다. 그러다가 대원들은 남고, 가족들은 다시
기선을 타고 장강을 올라가 중경에 도착하여 자리를 잡았
다. 추운 겨울, 거센 파도와 뼛속으로 파고드는 강바람을
맞으며 뱃길로 하는 대이동이었다.

　도대체 일본의 야욕으로 얼마나 더 많은 사람이 죽고
집과 가족을 잃어야 할까. 한구로 향하면서 들은 소문으

론 남경에서 채 빠져나오지 못한 많은 사람과 군인들이 일본군의 손에 학살당했다고 했다. '대학살'로 불릴 만큼 많은 사람들이 죽임을 당했다고 한다. 차정은 조국에서 당했던 일들이 생각나 치가 떨렸다.

대원들은 한구의 일본 조계 내에 본부를 설치했다. 일본 조계는 일본의 침입 이후 일본인들이 모두 쫓겨났기 때문에 텅 비어 있어 생활하기 좋았다.

차정은 본격적인 활동을 시작했다. 만국 부녀대회에 한국대표로 참석해서 민족해방운동에 대한 우리의 입장을 전했다. 그리고 장사에 있는 임시정부에 민족전선의 특사로 파견되기도 했다. 여기서 차정은 대일라디오 방송을 하였다.

"일본제국주의는 중국과 조선 내지 일본 민중의 적이며, 이 때문에 우리들은 반드시 긴밀하게 연합하여 공동의 적을 타도하고 진정한 동아시아의 평화를 건설해야 합니다!"

이 방송에는 임철애란 가명을 썼는데, 나중에 중국어로 번역하여 민족전선의 기관지에「경고 일본적 혁명대중」이라는 제목으로 실었다. 차정은 기관지에 계속 글을 실으면서 식민지에서 노동을 착취당하고 있는 공장 여공

들의 실상을 고발했다. 그리고 일제의 노예화 교육을 받고 있는 여자들의 현실을 고발했는데, 이런 글들은 통계 자료를 보여주면서 논리적으로 썼다.

일본군은 남경을 차지하고 난 뒤에도 계속 공격을 했는데 이젠 무한에까지 이르렀다. 조선의용대는 무한 방어전을 폈다. 무한이 일본군에게 함락되는 마지막 순간까지 방어전을 펴기로 한 것이다.

의용대 대원들 중에 일본어를 아는 사람들을 모았다. 대일 선전활동을 하기 위해서였다. 차정은 일본어와 중국어를 잘했다.

"일본 군인들이 볼 수 있도록 표어를 써서 붙입시다. 만화도 그리는 게 좋겠어요."

"어디다 쓰죠? 종이가 모자라요."

대원들은 고심 끝에 자기가 덮고 자던 이불속을 뜯어 종이 대신으로 썼다. 일본 군인들이 전쟁을 포기하고 돌아가고 싶도록, 그들의 적은 중국이나 조선이 아니라 자신들 내부에 있는 재벌이나 지배자임을 알려주는 내용들이었다.

"무한 시민들이여 항일투쟁에 일어서라!"

무한 시민들을 향해서도 선전을 했다.

대원들을 돌보는 일은 부인들 몫이었다. 차정은 선전 활동에 참여하면서도 부인회를 이끄느라 바빴다.

"먹을 음식이 떨어졌어요. 어쩌죠?"

부인회 대원이 차정에게 보고했다. 차정은 잠시 생각했다.

"중국 국민당은 더 버티지 못하고 떠났답니다."

대원의 목소리는 힘이 없었다. 그러나 차정은 이런 일로 활동을 포기하고 싶지 않았다.

"옷이라도 팔아서 돈을 마련합시다. 팔수 있는 건 다 팔아요."

차정이 외쳤다.

대원들의 의복을 팔자 하루 한 끼가 해결되었다. 하루에 한 끼로 끼니를 때우면서도 작업을 계속했다. 나중에는 삼삼오오 조를 짜서 페인트와 코르타르로 길바닥과 벽에다 글과 그림을 그렸다.

그러다 무한이 함락되기 4일 전부터 각 대별로 탈출을 시작했다. 차정도 떨어지는 폭탄을 피해 간신히 무한을 빠져나왔다. 나중에 들은 소문에 의하면 일본군이 선전문을 지우느라 며칠 동안 땀을 뺐다고 했다.

8. 조선의용대 부녀복무단

김원봉은 1938년 10월 10일 조선의용대를 창설했다. 중국의 협력을 얻어 만든 것이지만 이 의용대에는 민족혁명당 사람들과 계파를 초월하여 모인 조선의 항일운동가들, 그리고 중국 군대에 있던 조선인들, 일본 군대에서 도망친 조선인들이 참여했다.

백두산이 높이 솟아 길이 지키고
동해 물과 황해수 둘러 있는 곳
생존 자유 얻기 위한 삼천만
장하고도 씩씩한 피 뛰고 있도다.
한 깃발 아래 힘차게 뭉쳐 용감히 나가
악마 같은 우리 원수 쳐 물리치자
우리들은 삼천만의 대중 앞에서
힘차게 걷고 있는 선봉대다.

무한 기독교청년회관에서 열린 창군식에 의용군 행진곡이 울려 퍼졌다. 창군식에는 100여명의 대원이 참석했는데, 대장은 김원봉이고 본부와 1, 2구대로 구성되었다.

차정은 13명의 대원과 함께 본부에 소속되었다.

"조선의용대의 깃발을 높이 들고 용감한 중국 형제들과 손을 맞잡아 필승의 신념으로 정의의 항일 전선으로 용감히 전진하자!"

김원봉이 창립선언에서 이렇게 외치자 모두가 대한독립만세를 목청껏 외쳤다. 창군식을 축하해주러 온 손님들도 가만있지 않았다.

"동방 각 민족의 해방을 위하여 분투하자!"

중국 공산당의 주은래가 축사를 했다. 그리고 중국 문학가인 곽말약이 축시를 낭독하고 기독교여자청년회 회원들이 축하공연을 하자 분위기는 한층 고조되었다.

조선의용대는 활발한 활동을 벌였다. 제1구대와 제2구대는 최전방으로 가 일본군과 격렬한 전투를 벌였다. 또한 소학교와 여성훈련반을 만들었고 조선인 포로들을 훈련하는 수용소도 있었다. 차정이 소속된 본부는 지휘와 총감독을 맡았고 대외적인 일을 수행했다.

차정은 항상 대원들과 전선으로 나갈 각오가 되어 있었다.

"저도 전선으로 가고 싶습니더!"

차정의 마음은 불타고 있었다.

"당신의 마음은 충분히 이해하오. 그러나 전방에서의 임무는 박효삼 대장과 이익봉 대장을 비롯한 군사학교 출

신 대원들에게 맡겨주고, 본부에서 부녀대원들을 좀 맡아
주시오."

"부녀대원들을요?

"그렇소. 부녀복무단을 만들 생각이오."

김원봉의 말에 차정은 고개를 끄덕였다. 전선에서의
무장투쟁 못지않게 중요한 것이 여성들의 활동이라 생각
했다.

"이럴 줄 알았으면 미리 군관학교에 들어갈 걸 그랬
어."

허정숙이 군대에 들어가지 못한 것을 아쉬워했다. 허
정숙은 남편 최창익과 함께 남경으로 건너와 의용대에 들
어왔다.

"아쉬워도 우짜겠습니꺼. 우리 예전처럼 힘을 합쳐 부
녀복무단을 잘 키워 봅시더."

근우회에서 함께 활동했던 터라 열정적인 정숙의 성격
을 잘 아는 차정이 정숙을 달랬다.

처음 정숙이 남경에 왔을 때 차정은 무척 반가웠다. 그
래서 김원봉에게 그들을 받아줄 것을 부탁했다. 뜻밖에도
그는 망설였다.

"그들은 우리하고 생각이 다르오. 급진적인 공산주의
자들이잖소. 최창익은 예전부터 내 생각에 반대했던 사람
이라 함께 일을 할 수 있을지 모르겠소."

"이념이 좀 틀리긴 해도 힘을 합쳐야 한다는 게 당신 생각 아입니꺼. 같이 항일운동을 하는 동지가 분명한데 우째 안 받아주겠습니꺼. 지금 있을 데도 없는 것 같던데 받아주이소."

차정은 허정숙과 함께했던 일들을 생각하면 목표도 다르지 않을 거라 여겼다. 결국 김원봉은 허락했다. 하지만 굴러온 돌이 박힌 돌을 뺀다고 했던가. 나중에 그의 걱정은 현실이 되었다. 최창익이 김원봉의 지도권에 도전했기 때문이다.

차정은 남경조선부인회에서의 경험을 바탕으로 의용대 부녀복무단을 만들어 단장을 맡았다. 부녀복무단은 계림에서 조직되었는데 의용대 본부가 무한이 점령된 뒤 계림으로 내려왔기 때문이다.

중국 남쪽 광서성에 자리 잡은 계림은 자연이 아름다운 도시였다. 둥근 산들이 병풍처럼 펼쳐지고 강에 비친 산의 그림자가 아름다웠다. 게다가 겨울 날씨치고는 따뜻해서 마음에 들었다.

옛날 이곳에 월나라가 있었다고 한다. 진시황이 공격해서 월나라가 망하고 진나라에 편입되었다. 진시황의 탐욕 앞에서 월나라 사람들은 얼마나 거세게 저항했을까. 일본의 탐욕 앞에 무너진 조선이 월나라 같다고 생각했다. 아니다. 조선은 월나라와 다르다. 조선에는 독립을 꿈꾸는 수많은 전사가 있으니까. 그들은 조선의 독립이 이루어질 때까지 저항을 멈추지 않을 것이다.

차정은 감상에서 깨어나 의용대 가족들이 머무는 숙소를 둘러보았다.

"이곳은 산이 가려줘서 공습을 피하기 좋겠네예."

숙소가 있는 곳은 동령가 1호였는데 7개의 낮은 산으로 둘러싸인 곳이었다. 칠성암이라고도 불렀는데 그곳에는 큰 동굴들이 있어서 공습을 피할 수 있었다. 동굴 안에 일·이만 명이 들어갈 수 있었고 폭탄이 떨어져도 끄떡없었기 때문에 주위에 피난 온 사람들이 모여 살았다.

"이제 마음 놓고 새로 온 대원들 교육을 시작해도 되겠습니더."

의용대 본부에는 항상 사람들이 들락거려서 새로운 사람들이 들어오기도 하고 다른 곳으로 배치되기도 했다. 마침 포로 출신 중에서 새로운 대원들이 들어왔는데 이들 신입 대원들에게 중국어, 조선 역사, 일반상식 등을 가르쳤다.

부녀복무단은 주로 일제 타도, 조국해방의 임무를 수행했지만 대원들의 생활을 돌보는 일도 마다하지 않았다. 이런저런 일로 정신없이 바쁜 일상이었지만 차정이 가장 신경 쓰는 건 대원들을 잘 먹이는 일이었다. 그러나 먹을 것은 늘 부족했다.

"단장님, 여기 돌미나리가 많네요. 이걸로 반찬 하면 되겠어요."

대원들은 불평하지 않고 돌미나리를 캤다. 미나리를 캐며 저절로 노래가 흘러나왔다. 우리 민요 〈도라지〉에 새로 가사를 붙인 〈미나리타령〉이었다.

미나리 미나리 돌미나리
태항산 골짜기의 돌미나리
한두 뿌리만 뜯어도
대바구니가 철철 넘치누나
에헤야 데헤야 좋구나
어여라 뜯어라 지화자 캐어라
이것도 우리의 혁명이란다!

어느새 차정도 노래를 부르고 있었다. 부족한 것도 많고 어려움도 많았지만 모두 가족처럼 서로 의지하며 생활했다.

어느 날이었다.

"단장님!"

누가 차정을 불렀다. 돌아보니 차정을 옆에서 도와주고 있는 최동선이었다. 동선은 17세의 발랄한 아가씨다.

"3·1소년단 단장님께서 우짠 일이십니꺼."

"놀리지 마세요. 선배님이 단장 자리를 물려주시는 바람에 너무 바빠졌어요. 이제 단장님 얼굴도 자주 보지 못하게 됐어요."

동선이 발갛게 상기된 얼굴로 풋풋하게 웃었다.

'참 사람을 기분 좋게 만드는 사람이야.'

차정은 동선을 볼 때마다 동생처럼 친근한 느낌이 들었다. 먼 이국땅에서 힘들고 외로운 싸움을 하다 보니 이런 마음을 나누는 사람이 소중했다. 남편 김원봉이 요즘 전방과 후방을 다니느라 바빠서 늘 옆에 없을 때는 더욱 그랬다.

3·1소년단은 23명의 단원을 둔 의용대 산하기관이다. 의용대는 어린 소년들의 교육에도 정성을 쏟았다. 그들을 미래의 독립투사로 키우기 위해서였다. 소년단은 그동안 차정이 맡아서 운영해 왔는데 이제 동선이 맡게 된 것이다.

"활기 넘치는 소년들한테는 젊은 단장이 더 어울려. 나도 이제 복무단에 더 집중해야지."

차정은 부녀복무단 활동에 더 힘쓸 생각이었다. 후방에서는 선전활동이 더 중요하기 때문이다.

부녀복무단 대원은 22명으로 대부분 의용대 대원들의 부인이나 가족들이었다. 이들은 전선의 의용대원들에게 물품을 전달하고 가족들의 소식을 전했으며 대원들의 사기를 올리기 위한 전단, 표어, 팸플릿 등을 뿌리는 선전활동을 했다.

차정은 부녀복무단 활동을 하면서 본부 대원들의 활동에도 참여했다. 그동안 대원들의 수가 늘긴 했지만 무슨 일이 생기면 모두 달려가 힘을 합치는 건 여전했다.

9. 곤륜산 전투

시간이 흘러가고 있었다.

시간은 전쟁의 소용돌이 속에서도 변화를 불러왔다. 일본의 침략에 맞서 손을 잡았던 중국 국민당과 중국 공산당이 결별한 것이다. 이제 국민당과 공산당은 서로 적이 됐다.

이런 분위기 때문일까. 의용대 내에서도 분열이 일어났다. 국민당 내에서 활동하자는 김원봉과 공산당과 합치자는 최창익의 의견 대립이 심해졌다.

"언제까지 국민당 눈치만 보며 살 겁니까? 북쪽으로 올라가 일본군과 싸워야 해요."

최창익이 두 눈을 부릅뜨며 소리를 높였다.

"중국 공산당과 합치잔 말이오? 지금 공산당도 밀리고 있지 않소? 상황이 좋지 않습니다. 좀 더 기다리며 상황을 지켜봐야 합니다."

김원봉도 물러서지 않았다. 의용대 대원들도 두 패로 나뉘었다.

옆에서 지켜보는 차정의 마음은 편치 않았다.

"차정씨는 어떻게 생각해? 난 지금 후방에서 선전 임무나 할 때가 아니라고 생각해. 지금 북쪽에선 목숨을 걸고 싸우고 있는데 우리도 빨리 참가해서 민족해방을 이뤄야지."

허정숙이 차정을 보며 말했다. 둘은 회의실을 빠져나와 마당으로 나왔다. 바람을 쐬니 답답했던 마음이 좀 풀리는 것 같았다.

"솔직하게 말하면 저도 전투에 참여하고 싶습니다."

차정이 말했다.

"그렇지? 역시 우린 서로 통한다니까. 국민당과 손잡고 일본제국주의를 물리치는 것만으로는 안 돼. 계급혁명이 우선이야. 그러려면 공산당과 손잡아야 해."

허정숙이 활짝 웃었다.

"아입니더. 공산당과 손잡는 건 민족해방을 위해섭니더. 일단 일본부터 물리쳐야지예. 우리 민족을 해방시키는 게 우선입니더."

차정이 정색을 하고 말했다. 허정숙의 얼굴이 굳어졌다. 두 사람의 생각은 큰 차이가 있었다. 힘든 일을 함께 해왔지만 생각의 차이를 좁히기는 어려웠다.

둘은 잠시 말이 없었다.

"그렇다면 우린 여기까지야."

"그런 것 같네예."

차정과 정숙은 돌아섰다.

얼마 후, 최창익과 허정숙 그리고 그들을 따르는 사람들은 계림을 떠났다. 하지만 이미 의용대 안에서는 화북 지방으로 북상하기로 의견이 모이고 있었다.

"우리도 북쪽으로 가입시더. 상황이 변했어예. 국민당은 반공을 강조하고 있어예. 우린 공산당이 아니라 일본하고 싸워야 합니더."

차정이 깊은 생각에 빠진 김원봉에게 말했다.

"알고 있소."

김원봉도 북상해야 한다는 생각이 굳어지고 있었다. 그는 아나키스트였다. 좌, 우 어느 쪽도 아니라는 것이다. 그러나 중국 국민당과 오래 유지해온 관계를 깰 수는 없었다. 아직 그들의 지원이 필요했다. 남아 있는 대원들의 가족들 때문이었다.

차정은 그런 김원봉을 말없이 바라보았다. 그가 어떤 선택을 하든 차정은 이해했다. 그리고 늘 그렇듯 그가 최선을 다할 것을 알고 있었다.

겨울이 오고 있었다.

"남로공작대원들이 북쪽으로 올라간다네."

어느 대원이 말하는 소리를 들었다. 요즘 대원들이 조금씩 북쪽으로 이동하고 있었다. 김원봉이 대원들을 화북 지방으로 진출하도록 결정했기 때문이다. 차정도 요즘 후방에서 너무 편하게 지내고 있는 것은 아닌가 하는 생각이 들곤 했다. 전방으로 나가고 싶어 몸이 근질거렸다.

"남로공작대원이라면 엽홍덕 대장이 이끄는 대원들 아이가?"

차정이 혼잣말로 중얼거렸다.

"그렇다네. 엽대장은 중국 중앙육군 군관학교 11기생이자 조선의용대 간부지."

돌아보니 김두봉이었다.

"숙부님."

"자네도 북쪽으로 가고 싶은가?"

김두봉은 옅은 미소를 지었다.

"숙부님도 가시고 싶으시지예?"

"다른 선택이 없다고 생각하네."

언제나 차분하고 조용한 숙부의 말속에서 뜨거운 열정이 느껴졌다.

"이번에 유동선전대가 그들과 함께 가기로 했는데 자네도 같이 가는 게 어떻겠나?"

김두봉은 차정의 마음을 다 알고 있었다.

유동선전대는 의용대 산하기관인데 부녀복무단과는 달리 활동구역이 넓어서 이 근처뿐 아니라 다른 지역까지 가곤 했다.

"예. 저도 가고 싶습니더."

차정은 망설이지 않고 대답했다.

"일본군이 점령한 지역이 많아서 조심해야 할 거야. 그래도 우리가 갈 길은 우리가 뚫어야지!"

김두봉의 말에는 깊은 의미가 담겨 있었다.

중국 국민당은 요즘 항일전에 소극적이었다. 그러면서 반공노선을 강화했다. 조선의용대에 삼민주의와 우파노선을 강요했다. 그런 국민당 밑에서 의용대가 언제까지나 국민당의 지시만 받고 이렇게 있을 수는 없다는 뜻이기도 했다. 우리 민족의 독립이 우선이기 때문이다.

차정은 일본군이 두렵지 않았다. 그들과의 싸움은 운명과도 같은 것이었으니까. 차정은 대원들과 함께 북쪽으로 이동했다. 전투 대원들이 앞장서고 선전 대원들은 그 뒤를 따랐다.

2월의 겨울 날씨가 점점 매서워졌다. 남쪽에 있을 때는 견딜 만하던 겨울바람이 눈보라가 되어 휘날리자 발걸음이 점점 무거워졌다.

강서성 곤륜산으로 들어서고 있었다.

"지금부터 일본군 지역이다. 언제 어디서 일본군과 마주칠지 모르니 경계를 늦추지 마라!"

대장의 목소리가 들렸다.

땅이 가팔라지고 있었다. 이제 집들은 보이지 않고 주위는 온통 나무와 바위들이었다. 적군이 어디에 몸을 숨기고 있을지 알 수 없는데 그마저 온통 눈이 덮고 있었다.

차정은 대원들과 거리를 유지하면서 주위를 살폈다. 그동안 여러 번 전투에 참여했던 경험이 있어서 위험지역에 들어왔음을 알 수 있었다.

대원들이 계곡을 지날 때 일본군과 마주쳤다.

타다다다.

총알이 날아왔다. 근처에 일본군 진지가 있는 것 같았다.

"모두 엎드려! 몸을 숨겨라!"

앞에서 대장이 소리쳤다. 차정은 재빨리 바위 뒤로 몸을 숨겼다. 그리고 엎드려서 총을 겨누었다. 선전대원들은 이런 때를 대비해 언제나 총을 쏠 수 있도록 훈련을 받았다. 차정은 총알이 날아오는 곳을 향해 총을 쏘았다.

한차례 총알이 오고 갔다. 총소리가 곤륜산 계곡에 울려 퍼졌다. 잠시 조용해졌다. 차정은 몸에 걸고 있던 메가폰을 집어 들었다. 조금 떨어진 곳에서 대장이 차정을 보더니 고개를 끄덕였다.

"일본군은 들어라. 총을 버리고 투항하라. 일본제국주의는 반드시 망한다. 그대들이 흘린 피는 후방에 있는 재벌들을 살찌울 뿐이다!"

차정은 일본군 진지를 향해 유창한 일본어로 외쳤다. 순간, 다시 총알이 날아오기 시작했다. 차정이 있는 곳으로 집중 쏟아졌다. 차정이 몸을 숨긴 바위 앞에 총알이 픽 픽 내리꽂혔다. 눈이 튀어 올랐다.

"우리가 아래쪽에 있어서 불리해. 내가 뒤쪽으로 돌아가서 공격할 테니 눈치 못 채게 계속 총을 쏘도록 해!"

옆에서 대원들이 작전을 주고받았다. 차정은 대원들의 움직임을 주시하고 있었다. 한 대원이 언덕 아래로 움직이자 주위의 대원들이 일제히 사격을 시작했다. 차정도 총을 쏘았다. 반대편 위쪽에서도 총알이 쏟아졌다. 포탄도 펑펑 터졌다.

"윽!"

옆에서 신음이 들렸다. 한 대원이 총을 맞고 쓰러졌다.

차정이 대원을 돌아보며 움직인 순간 어깨에 타는 듯한 아픔을 느끼고 넘어졌다. 총을 맞은 것이다.

"박 단장님!"

누군가 부녀복무단 단장인 차정을 불렀다. 차정은 고통을 참느라 입술을 깨물었다.

"엄호해줘!"

한 대원이 엄호를 받으며 차정에게 와서 부축했다. 그는 차정을 끌어당겨 총알이 닿지 않는 곳으로 데려갔다. 차정의 어깨에서 피가 흘러내렸다. 대원이 수건으로 차정의 어깨를 감싸주었다.

"괜찮습니까?"

"나, 난 멀쩡하오."

차정은 아득해지는 정신을 추스르며 총을 움켜잡았다.

"이대로 움직이지 말고 있으십시오. 피를 많이 흘리면 안 됩니다."

대원이 전투에 참여하려는 차정을 말렸다. 그러나 차정은 뒤에서 전투를 돕고 싶었다. 어깨가 아파 팔을 움직이기 어려웠지만 엄호사격을 했다.

몇 발의 수류탄이 터지고 한참의 교전 끝에 결국 의용대는 적의 진지를 점령했다. 차정은 응급 치료를 받은 후 안전한 후방으로 옮겨졌다.

10. 조국의 독립을 보지 못하고

"괜찮소?"

김원봉이 걱정스럽게 바라보았다.

"괘안습니더."

차정은 침대에 누워 미소를 지어 보이려 했지만 말라버린 입술이 잘 움직이지 않았다. 차정이 부상을 당한 후 김원봉은 외출을 피하고 차정을 보살폈다. 차정은 상처가 덧나 고생을 했다.

그동안 의용대 본부는 중경으로 옮겨왔다. 중경은 지형이 난공불락의 요새와 같았다. 중경 입구에는 장강삼협이 있어 일본군이 쉽게 접근하지 못했다. 그래서 중국정부의 피난 수도가 자리 잡고 있었고, 임시정부가 있었다.

차정의 건강은 나아지는 듯했지만 중경에 오고 나서 다시 악화되었다. 중경은 지대가 낮아 습하고 햇볕도 잘 들지 않았다. 하늘은 운무가 끼어 있는 날이 많았다. 그래서인지 근우회에서 활동할 때부터 있었던 관절염도 심해졌다. 차정은 누워있는 날이 많았다.

'제대로 치료를 못 받은 데다 오랜 타지생활로 인한 여독이 겹쳐서 그런 게지.'

하고 김원봉은 생각했다.

상기된 얼굴로 대일항쟁을 외치던 어린 차정은 이제 서른 살 여인이 되어 있었다. 거친 중국 대륙의 바람을 맞아 거칠어진 피부에 병마와 싸우느라 야윈 뺨이 아련한 아픔으로 다가왔다.

'일본에 나라를 빼앗기지 않은 평화로운 시절에 만났더라면 좀 더 잘해줄 수 있었을까.'

김원봉은 남편으로서 더 잘해주지 못한 것이 가슴 아팠다.

"당숙어른은 연안에 잘 도착하셨을까예?"

외당숙 김두봉은 북상하는 의용대원들과 함께 떠났다.

"잘 도착하셨을 거요."

김원봉은 대원들의 뜻에 따라 의용대의 북상을 결정했지만 자신은 마지막까지 이곳에 남았다. 깊은 생각 끝에 내린 결론이었다. 민족 독립을 우선으로 생각하는 김원봉은 공산주의자들과 함께할 수 없었다. 그쪽에서도 김원봉을 반기지 않았고 오히려 올라오지 못하도록 방해공작을 폈다. 의용대에 그의 지도력이 미치지 못하게 한 것이다.

김원봉은 오랜 꿈이 있었다. 조선 독립을 위한 군대를 만드는 것이다. 조선의용대는 그 꿈을 향한 노력의 선상에 있었다. 국민당은 김원봉이 조선혁명군을 만드는 것에 찬성하지 않았지만 김원봉은 조금씩 나아가고 있었던 것

이다. 그런데 이번 북상으로 의용대 주력군과의 연결이
끊긴 셈이었다.

차정은 생각에 잠겨 있는 김원봉을 보았다. 이제 마
흔 살이 넘은 김원봉은 아직도 열정적이고 힘이 넘쳐흘렀
다. 강하지만 마음속엔 정도 많은 사람이다. 이곳에 망명
온 사람들과 남아있는 대원 가족들을 생각하면 국민당을
떠나 북쪽으로 갈 수 없을 것이다. 국민당을 떠나는 건 곧
경제적 지원을 받을 수 없다는 뜻이니까. 차정은 자신도
김원봉의 발을 잡고 있는 것은 아닌지 걱정이 되었다.

"회의 시간입니다."

동선이 민족혁명당 회의 시간을 알렸다. 김원봉은 요즘
임시정부 참여 문제로 바빴다. 그는 동선에게 차정을 부탁
하고 나갔다. 동선은 아픈 차정을 곁에서 보살펴주었다.

"동선아."

"네. 언니."

둘만 있을 때는 늘 편하게 불렀다.

"요즘 조선은 어떻노?"

"일본 놈들이 미쳐가나 봐요. 이름도 일본 이름으로 바
꾸라고 하고, 아직 어린 아이들도 전쟁에 강제로 동원시
킨대요. 여자아이들을 정신대라는 이름으로 잡아간답니
다."

동선은 새로 들은 얘기들을 차정에게 전했다.

"나쁜 놈들! 어떻게 인두겁을 쓰고 그런 짓을 할 수가 있노?"

차정은 기운 없는 중에도 분노가 치밀었다.

"내가 지금 이렇게 누워 있을 때가 아닌데……. 쿨럭쿨럭."

차정은 당장이라도 일어나 전장으로 달려가고 싶었다.

"안 돼요. 이렇게 흥분하면 건강에 해로워요."

동선이 차정을 달래며 진정시켰다. 차정은 물을 마치고 간신히 기침을 달랬다.

차정은 어머니와 문희 오빠, 동생 문하를 생각했다. 하늘로 간 아버지와 수정 언니, 문호 오빠도 생각했다. 고향집이 떠올랐다. 그곳에서 오순도순 살았던 기억이 아득했다.

어머니가 보고 싶었다. 어린 시절, 차정이 아프기라도 하면 어머니는 '내 손이 약손'이라며 아픈 곳을 만져주었다. 그러면 신기하게 아픈 곳이 나았다. 어려운 살림에 병원은 갈 수 없었고 그렇게 어머니는 나름 치료법을 찾았던 것이다. 어머니의 손길이 그리웠다.

문하가 조선으로 송환되고 문희도 일본 밀정의 고발로 잡혀갔다. 어머니도 본국으로 돌아갔다. 중국에서 가족과 함께하고자 했던 꿈이 물거품이 되어버렸다. 게다가 중일전쟁이 터진 후부터는 국내와 모든 연결이 끊어졌다. 미친 일본 놈들 밑에서 어머니와 동생은 얼마나 힘들게 살고 있을지, 독립운동가의 가족이라고, 조선에서 힘들게 살고 있는 많은 사람보다 더 힘들게 살고 있을 그들을 생각하니 눈시울이 붉어졌다.

"어디 불편하세요?"

동선이 차정의 손을 잡았다.

"열이 좀 있는 것 같아요. 의무실 주임을 부를게요."

동선이 일어서 나가려고 하는 걸 차정이 말렸다.

"괜찮아. 좀 있으면 나을 끼다."

차정의 말에 동선이 고개를 끄덕였다.

손님이 찾아왔다. 정정화가 아들 자동을 데리고 병문안을 온 것이다. 정정화는 김구가 이끄는 임시정부 사람이다. 나이 열아홉에 시아버지 김가진과 남편 김의한을 봉양하러 중국에 건너온 후로 독립운동가들을 보살피며 살고 있다. 성격이 소박하고 상냥해서 모두가 좋아하는 독립운동가였다.

"형님!"

차정은 남경에 있을 때부터 10살 많은 정화를 형님으로 불렀다.

"동생, 몸은 좀 어떤가?"

정화는 이념을 떠나서 가족처럼 차정을 챙겨주었다. 그녀는 모든 독립운동가들에게 어머니였고 언니, 누나였으며 며느리, 딸이었다.

"일도 많으실 낀데 뭐 하러 강 건너 오셨어예?"

차정이 있는 곳은 중경에서도 장강 남쪽에 있는 남안이었는데, 중국인 별장인 손가화원이었다. 김구의 한국독립당이 거주하는 중경 시내에서 오려면 나룻배로 강을 건너야 했다.

"보고 싶어서 왔지."

정화가 따뜻한 미소를 지으며 가져온 죽을 내밀었다. 차정은 그녀의 마음이 느껴져 콧날이 시큰했다. 옆에 선 자동이는 어느새 훌쩍 자라 십 대 소년이 되어 있었다. 미래의 독립운동가를 보며 차정은 흐뭇한 마음이 들었다.

어머니를 생각하며 울적해 있던 차정은 정화를 보며 마음을 달랬다. 정화는 망명해 있는 우리 동포끼리 단합해야 한다고 생각해왔고 그것을 실천했다. 차정은 그녀의 용기 있는 행동이 마음이 들었다.

시간이 지나도 차정의 상태는 좋아지지 않았다. 차정이 활동을 못 하고 병석에 있는 동안 일본은 진주만을 공습하고 태평양전쟁을 일으켰다. 이에 마음이 급해진 임시정부는 조선의 독립전쟁을 위한 광복군을 창설했다. 그리고 조선의용대는 광복군 제1지대로 편입되었다.

차정은 이런 중요한 때에 자신이 아무것도 못 하고 있다는 사실에 절망했다. 마음 같아선 당장이라도 대원들과 함께 전선으로 달려가고 싶었다. 마침 태항산에서 들려온 윤세주의 사망 소식에 차정은 그만 눈물을 쏟고 말았다.

윤세주는 의용대가 북상할 때 함께 북상하여 중국 공산당 군대인 팔로군에 합류했다. 그는 일본군에게 포위된 태항산에서 탈출로를 확보하려고 하다 총에 맞았다. 일본군은 40만명이 전투기와 전차까지 동원하여 총공격을 펼쳤다고 한다.

조선혁명간부학교 1기생이자 김원봉의 고향 동생으로 절친한 사이였던 윤세주의 죽음 앞에서 차정은 자신의 무력함이 원망스러웠다. 조선의 독립과 여성의 해방을 위해 끝까지 투쟁하겠다는 맹세는 이렇게 무너지고 마는 것인가.

차정은 펜을 잡았다. 그녀가 할 수 있는 거라곤 자신의 꿈과 이상을 글로 표현하는 것뿐이었다. 차정은 마음속에서 끓어오르는 열정을 소설과 시로 표현하였다.

1944년 5월 8일 김원봉은 임시정부 군무부장에 취임하였다. 그는 조선의 독립이라는 자신의 목표를 향해서 한 걸음 한 걸음 나아가고 있었다.

그러나 차정은 점점 쇠약해져 갔다. 하루에도 몇 번이고 울리는 공습을 피하는 것조차 벅찰 정도였다.

"조선 독립은 언제 될까예?"

어느 날 차정이 김원봉에게 물었다. 목소리에 힘이 없었다.

"이제 얼마 남지 않았소. 일본이 전투에서 밀리고 있다고 하오. 이럴 때 우리가 힘을 합쳐 쳐들어간다면 조선에서 일본군을 몰아낼 수 있소."

김원봉이 대답했다. 차정은 모두가 힘을 합치는 일이 얼마나 어려운지 알고 있었다. 광복군은 꼭 성공해서 독립을 이루기를 간절히 바랐다. 하지만 조선 독립의 날이 왜 이다지도 멀게만 느껴지는 걸까.

"저는 아무래도 독립을 못 볼 것 같습니더."

차정은 요즘 끝없는 어둠 속으로 빨려 들어가는 꿈을 꾸곤 했다.

"그런 나약한 소리 마시오. 당신답지 않소."

김원봉은 흘러내린 차정의 머리칼을 걷어주며 야윈 손을 잡았다.

"여보, 함께 독립한 조선으로 돌아가자고 했던 약속 못 지키더라도 용서 하이소. 당신은 꼭 독립을 이루어서 내 소원을 들어 주이소. 독립을 이루어서 저를 조선으로 데려가 주이소. 꼭."

차정은 죽어서라도 그리운 고향으로 돌아가고 싶었다. 그 마음을 잘 아는 김원봉은 말없이 고개를 끄덕였다. 아무리 힘들어도 눈물을 보이는 법이 없는 그의 눈가에 이슬이 맺혔다.

1944년 5월 27일, 박차정은 34세의 나이에 눈을 감았다. 그토록 보고 싶었던 조국 해방의 날을 얼마 남기지 않고 하늘의 별이 된 것이다.

차정은 중경 강북구 상횡가 망진문 남쪽에 있는 화상산 공동묘지에 묻혔다. 이 공동묘지엔 조국의 독립을 염원하다 별이 된 독립운동가들이 많이 묻혀 있었다.

인적이 끊긴 깊은 밤이면 이들은 다시 하늘에서 내려와 모이지 않았을까. 함께 모여 독립운동가들이 모여 잠든 마을을 바라보며 못다 이룬 꿈을 이야기하지 않았을까. 그 이야기들은 안개가 되어 공중에 떠돌지 않았을까. 중경 하늘을 가득히 덮은 그 운무는 일본 전투기의 눈을 가려 동료들을 보호하지 않았을까.

꿈에 그리던 해방이 되었을 때 김원봉이 차정의 유해와 피 묻은 군복, 군모를 가져와 유족들에게 전달했다. 그리하여 차정은 김원봉의 고향인 경남 밀양군 부북면 감천리 뒷산에 몸을 누이었다.

살았을 때도 편안한 삶을 꿈꾸지는 않았다. 외로움을 운명인 양 받아들였으며, 시도 때도 없이 주변을 맴도는 죽음을 두려워하지 않았다. 원하는 것은 단 하나, 조국과 민족의 해방이었다. 그녀의 바람대로 일본은 물러갔고 조국은 해방을 맞았다. 해방된 조국에 돌아왔고 고향에 묻혔으니 그녀는 편안히 잠들었을까.

애석하게도 그렇지 못했다. 운명은 조국을 남과 북으

로 갈라놓았고, 사랑하는 남편과도 갈라놓았다. 김원봉은 민주주의민족전선의 의장으로서 활동하다 월북했고, 북에서 사망했다. 큰오빠 문희는 6·25전쟁 때 실종되었다. 차정은 아무도 찾아주지 않는 곳에서 서서히 잊히는 듯했다.

그러다 1995년, 차정의 항일운동이 국가의 인정을 받아 건국훈장 독립장이 추서되었다. 1996년 8월에는 차정을 잊지 않고 있었던 몇몇 사람들에 의해 〈박차정 의사 숭모회〉가 설립되었다. 그리고 차정과 그 가족들의 이야기가 세상에 나왔다.

민족을 위한 차정의 불꽃 같은 삶이 마침내 사람들에게 인정받은 것이다. 그러나 그녀가 사랑했던 사람들은 아직 어둠 속에 있었다. 그 후 20여년의 세월이 지난 2018년 11월 17일, 차정의 오빠 박문희가 밝은 세상으로 나왔다. 그에게 건국훈장 애족장이 추서된 것이다. 언젠가 남편 김원봉과 작은오빠 박문호도 공로가 인정되어 세상에 다시 나오길 차정은 바라고 있을 것이다.

차정이 잠든 종남산 자락엔 그녀의 넋을 위로하기라도 하듯 봄이면 진달래가 연분홍색으로 곱게 물들고 가을엔 들국화가 지천으로 피어난다. 가끔은 저 멀리서 바람 한 줄기 달려와 그녀의 무덤 자락을 쓸어주고 가기도 한다.

작가의 말

우리에게는 '일제강점기'라는 아픈 역사가 있습니다. 나라의 주권을 일본에 빼앗기고 나라 잃은 국민이 되어 서럽고 시린 날들을 보내야 했었지요. 어둡고 우울한 시절이었지만, 우리는 그냥 좌절하고 있지 않았습니다.

나라의 주권을 되찾아오기 위한 여러 가지 노력들과 일본제국주의를 몰아내기 위한 여러 시도를 했습니다. 만세운동이나 등교 거부 운동, 의열단 활동과 같은 조직적이고 지속적인 독립운동들이 그것입니다. 거기엔 이러한 활동들을 이끌고 앞장섰던 사람들이 있었습니다.

누군지 짐작할 것입니다. 바로 독립운동가들입니다.

독립운동가라고 하면 떠오르는 이름들이 있을 겁니다. 유관순, 윤봉길, 안중근, 김좌진, 김구…. 그렇습니다. 목숨을 아끼지 않은 많은 분들이 있었습니다.

그런데 이런 알려진 분들 외에 우리가 알지 못하는 분들이 더 많습니다. 특히 여성독립운동가들이 그렇습니다. 앞으로 이런 분들을 발굴하여 널리 알리도록 해야 합니다.

박차정도 그런 여성독립운동가 중 한 명입니다.

똑똑하고 감수성 예민했던 문학소녀가 총을 든 투사가 되었습니다. 조국의 독립을 위해 자신의 몸을 아끼지 않았고 목숨마저 내던졌습니다. 물론 그 배경에는 독립운동가 가문이라는 분위기가 영향을 끼쳤을 것입니다. 또한 항일의식이 강했던 부산의 지역적 분위기도 한몫했을 것입니다. 실제로 박차정이 살았던 집은 임진왜란 당시 온 군민들이 힘을 합쳐 저항했던 동래성의 동문 근처에 있습니다.

또한 가까운 친척 중에서 박차정에게 영향을 주었던 독립운동가들이 있었습니다. 그리고 가족들, 무엇보다 두 오빠들이 큰 힘이 되었습니다.

박차정에게는 두 오빠와 언니, 남동생이 있었습니다. 큰오빠 박문희와 작은오빠 박문호 역시 차정과 함께 독립운동에 일생을 바쳤습니다. 차정이 독립운동가가 되도록 이끌어주기도 하고 어려울 때 도움을 주기도 했습니다.

언니 박수정은 몸이 약해 일찍 하늘나라로 갔고, 동생 박문하는 의사가 되어 남은 가족들을 돌보았습니다. 이들은 같은 길을 가지는 않았지만 독립운동가 못지않은 고통을 겪으며 든든한 버팀목이 되어주었습니다.

그리고 또 한 사람, 박차정이 사랑했던 남편 김원봉이 있습니다. 의열단 단장이기도 했던 김원봉은 박차정의 일생에 빼놓을 수 없는 동지였습니다. 그는 해방이 된 후,

박차정의 유해를 가지고 돌아와 장례를 치러주고 고향집 근처 산에 묻어주었습니다. 중국에 묻힌 많은 독립운동가들 중 유해가 돌아온 경우가 거의 없는 걸 보면, 박차정에 대한 김원봉의 마음이 어떠했는지 짐작할 수 있습니다. 이런 여러 사람들이 박차정이 독립투사가 되는 데 도움을 주었을 것입니다.

그러나, 박차정의 일생이 특별한 것은 이런 외적인 것들을 뛰어넘는 내면에 있습니다.

그녀가 보여준 강한 의지와 흔들리지 않는 신념, 거침없는 행동 때문입니다. 총을 들고 전투에 참여한 것은 여성 독립운동가들 중에서 드문 경우입니다.

민족해방과 여성해방을 주장했던 여성독립투사, 박차정!

일본을 물리치고, 동시에 여성을 억압하는 불평등을 없애자는 그녀의 목소리가 들리는 듯합니다.

3·1독립운동을 한 지 100년이 지났습니다.

우리는 그날의 정신도, 그들도 잊어서는 안 됩니다.

이 책이 독립투사 박차정을 기억하고, 그 정신을 이어가는데 작으나마 도움이 되었으면 합니다.

3·1독립운동 100주년을 눈앞에 둔 봄날에

박 미 경

깊이 보는 역사
박차정 이야기

박차정 연보

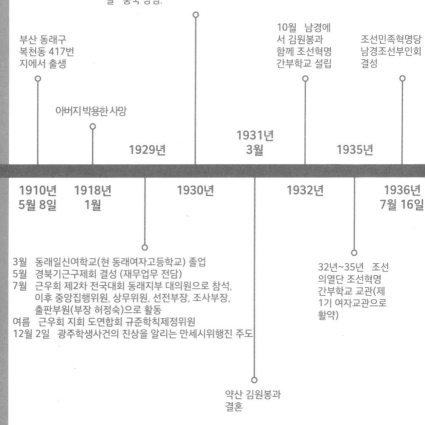

1월 15일 2차 시위(여학생 시위) 주도. 검거됨
2월 동래경찰서에서 서대문경찰서로 이송
말 중국 망명.

부산 동래구
복천동 417번
지에서 출생

10월 남경에
서 김원봉과
함께 조선혁명
간부학교 설립

조선민족혁명당
남경조선부인회
결성

아버지박용한사망

1929년

1931년
3월

1935년

1910년
5월 8일

1918년
1월

1930년

1932년

1936년
7월 16일

3월 동래일신여학교(현 동래여자고등학교) 졸업
5월 경북기근구제회 결성 (재무업무 전담)
7월 근우회 제2차 전국대회 동래지부 대의원으로 참석,
　　이후 중앙집행위원, 상무위원, 선전부장, 조사부장,
　　출판부원(부장 허정숙)으로 활동
여름 근우회 지회 도연합회 규준학칙제정위원
12월 2일 광주학생사건의 진상을 알리는 만세시위행진 주도

32년~35년 조선
의열단 조선혁명
간부학교 교관(제
1기 여자교관으로
활약)

약산 김원봉과
결혼

110

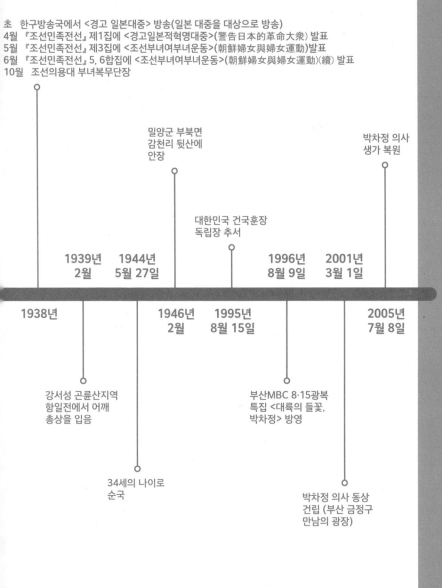

초　한구방송국에서 <경고 일본대중> 방송(일본 대중을 대상으로 방송)
4월　『조선민족전선』제1집에 <경고일본적혁명대중>(警告日本的革命大衆) 발표
5월　『조선민족전선』제3집에 <조선부녀여부녀운동>(朝鮮婦女與婦女運動)발표
6월　『조선민족전선』5, 6합집에 <조선부녀여부녀운동>(朝鮮婦女與婦女運動)(續) 발표
10월　조선의용대 부녀복무단장

밀양군 부북면
감천리 뒷산에
안장

박차정 의사
생가 복원

대한민국 건국훈장
독립장 추서

1939년
2월

1944년
5월 27일

1996년
8월 9일

2001년
3월 1일

1938년

1946년
2월

1995년
8월 15일

2005년
7월 8일

강서성 곤륜산지역
항일전에서 어깨
총상을 입음

부산MBC 8·15광복
특집 <대륙의 들꽃,
박차정> 방영

34세의 나이로
순국

박차정 의사 동상
건립 (부산 금정구
만남의 광장)

▲ 의용대 군복을 입은 박차정 의사 초상화

▶ 아버지 박용한과 어머니 김맹련

▼ 박차정 생가. 부산시 동래구 칠산동 319-1에 있으며 2005년
7월 8일 복원됨

▲ 동래일신여학교 시절 단체사진 (제일 앞줄 왼쪽 첫 번째 여학생이 박차정 의사)

▼ 근우회 발회식

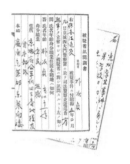

◀ 근우회 사건으로 체포되었을 때 박차정 의사의 신문조서(1930년 2월 서대문경찰서)

▶ 근우회 창간호

▲ 조선의용대 창군기념. 맨 앞줄 오른쪽에서 첫 번째가 박차정 의사(후손 증언)

▼ 조선의용대 부녀복무대원

▲ 박차정과 김원봉 부부

▼ 1944년 중국 중경에서의 박차정 의사 장례식. 가운데 서서 관을 보고 있는 사람이 남편 김원봉

◀ 박차정 의사 동상
(부산시 금정구 만남의
광장)

▼ 박차정 의사 묘지
(밀양시 부북면 제대리
산47-1)

◀ 대한민국 건국훈장
　독립장
▼ 훈장증

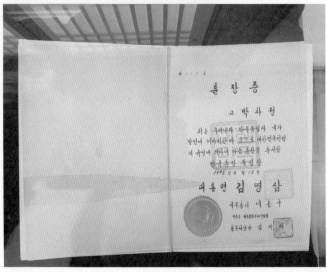

┃참고한 책과 자료

- 『여성조선의용군 박차정의사』 강대민 저, 도서출판 고구려, 2004
- 『잃어버린 동화』 박문하 저, 범우사, 2007
- 『팔십년지-누님 박차정』 박문하 저, 동래학원 팔십년지편찬위원회, 1975
- 『약산 김원봉 평전』 김삼웅 저, 시대의 창, 2013
- 『김원봉-대륙에 남긴 꿈』 한상도 저, 한국독립운동사연구소, 2017
- 『우리가 잃어버린 이름, 조선의용군』 류종훈 저, 가나출판사, 2018
- 『대한민국임시정부의 안살림꾼 정정화』 신명식 저, 역사공간, 2010
- 『제시이야기』 박건웅 저, 우리나비, 2018
- 『내 고장의 인물/부산편-박차정여사』 김의환 저, 외솔회, 나라사랑, 1974
- 『시민을 위한 부산의 역사』 부경역사연구소 저, 도서출판 선인, 2014
- 『부산 정신을 세운 사람들』 박창희 저, 도서출판 해성, 2016
- 『세여자』 1~2, 조선희 저, 한겨레출판, 2017
- 『일제강점실록』 박영규 저, 웅진지식하우스, 2017
- 『박차정여사의 삶과 투쟁』 이동희 저, 지역과 역사, 부산경남역사연구소, 1996
- 『여성독립운동가 박차정』 박철규 저, 문화전통논집 14, 경성대학교한국학연구소, 2007

┃사진자료 제공

- 부산시 동래구청

2

인물로 만나는
부산정신

조선의용대 부녀복무단장
박 차 정
ⓒ 2019, 박미경

기 획	(사)부산민주항쟁기념사업회
지은이	박미경
초판 1쇄 발행	2019년 06월 10일
2쇄 발행	2020년 06월 22일
펴낸곳	호밀밭
펴낸이	장현정
편 집	박정오
디자인	최효선
마케팅	최문섭
등 록	2008년 11월 12일 (제338-2008-6호)
주 소	부산 수영구 광안해변로 294번길 24 B1F 생각하는 바다
전 화	070-7701-4675
팩 스	0505-510-4675

Published in Korea by Homilbat Publishing Co, Busan.
Registration No. 338-2008-6.
First press export edition June, 2019.

ISBN 979-11-967055-0-3 (43810)